Quando fui Morto em Cuba

ROBERTO DRUMMOND

Quando fui Morto em Cuba

GERAÇÃO
EDITORIAL

QUANDO FUI MORTO EM CUBA
Copyright © 2011 by Roberto Drummond

1ª edição — Editora Ática
3ª edição — Agosto de 2011

Grafia atualizada segundo o Acordo Ortográfico da Língua Portuguesa de 1990, que entrou em vigor no Brasil em 2009.

Editor e Publisher
Luiz Fernando Emediato

Diretora Editorial
Fernanda Emediato

Produtora Editorial
Renata da Silva

Capa
Silvana Mattievich

Projeto Gráfico
Alan Maia

Ilustrações
Juan José Balzi

Diagramação
Kauan Sales

Preparação
Fati Gomes

Revisão
Hugo Almeida

DADOS INTERNACIONAIS DE CATALOGAÇÃO NA PUBLICAÇÃO (CIP)
(Câmara Brasileira do Livro, SP, Brasil)

Drummond, Roberto, 1933-2002
Quando fui Morto em Cuba / Roberto Drummond. -- São Paulo : Geração Editorial, 2011.

ISBN 978-85-61501-68-6

1. Contos brasileiros I. Título.

11-07726   CDD: 869.93

Índices para catálogo sistemático

1. Contos : Literatura brasileira   869.93

GERAÇÃO EDITORIAL

Rua Gomes Freire, 225/229 – Lapa
CEP: 05075-010 – São Paulo – SP
Telefax.: (11) 3256-4444
Email: geracaoeditorial@geracaoeditorial.com.br
www.geracaoeditorial.com.br

2011
Impresso no Brasil
Printed in Brazil

A meus amigos
Antônio do Amaral Rocha
Carlos Roberto de Freitas Ferrer
Elifas Andreatto
Fábio Lucas
Marco Otávio Teodoro
Paulo Lott e
Thomas Colchie,
e também à memória de
Renato Cardoso

SUMÁRIO

Primeiro Tempo

Quando fui morto em Cuba (versão erótica) 15
Pela porta verde 37
O rio é um deus castanho 45
Comendo camarão grelhado 53
Com o andar de Robert Taylor 61
God save America (Um jazz toca no meu coração) 69
Versões sobre um fuzilamento 79
Carta ao Santo Papa 89

Intervalo

Últimos instantes do grande Heleno de Freitas
no hospício de Barbacena 97

Segundo Tempo

Por falar na caça às mulheres 109
Os elefantes se alimentam de flores 131

Folhas 5, 6, 7 e 8 de um inquérito envolvendo São Francisco... 139
Sessão das Quatro 149
Mis recuerdos de Maria 165
O trem fantasma 171
Os desgostos de agosto 177
Quando fui morto em Cuba (versão política) 187

*Continuo louco
depois desses anos todos.*
PAUL SIMON cantando

PRIMEIRO TEMPO

Quando fui morto em Cuba
(versão erótica)

Estou nu debaixo do chuveiro do hotel Havana Livre: a água é quente e cai num jato como em qualquer hotel burguês. Tem uma neblina flutuando como o *fog* e já gastei meio sabonete que trouxe do Brasil (pois lá me disseram que eu devia trazer, porque, com o bloqueio, sabonete é artigo de luxo em Cuba), então estou aqui me ensaboando, e não sei quando vou fechar a torneira, vestir meu terno branco, pôr uma camisa vermelha e sair, pois tenho medo do que vai me acontecer quando eu descer e encontrar Havana à noite.

De qualquer forma, como o sabonete vai se dissolvendo, fecho a torneira do chuveiro e vou me enxugando devagar com uma toalha felpuda. Não tenho nenhuma pressa. Daqui a algum tempo (uma hora ou duas), a mão de uma mulher vai bater na porta do apartamento. Eu abrirei a porta e minha sorte já estará decidida. Mas, por enquanto, não tenho nenhuma pressa. Na minha situação, ninguém teria pressa. Quando eu ainda estava no Brasil, procurei uma vidente, e ela disse que no meu primeiro dia em Cuba (que é hoje) eu posso ser morto numa rua de Havana ou recuperar minha condição de homem, isto é, deixar de me transformar em mulher. Porque é assim: quando eu tiro meus óculos escuros e sorrio mostrando meus olhos verdes, eu me transformo em mulher. Desde criança é assim, e desde criança sou chamado de Marta Rocha, mas essa situação, ainda que lucrativa, do ponto de vista financeiro, não me alegra. Confundem-me com atrizes como Raquel Welch, Farrah Fawcett, Candice Bergen, Vera Fischer e, ultimamente, com Maitê Proença, mas isso realmente não me alegra, mesmo que eu tenha me transformado num *show-man* ou numa *woman-show*, já nem sei, e não passe fome nem fique sem dinheiro, contando os dias que faltam para o mês acabar e receber um pobre salário, como em outros tempos.

Só procurei uma vidente depois que minha experiência com meu analista, o doutor Eduardo Mascarenhas, não deu certo. Ele me dizia:

— É como se você estivesse se mirando em certos espelhos de motel, que refletem, ao mesmo tempo, as suas várias imagens idealizadas: você simplesmente não existe, assim como o Capitão Marvel também não existe... Ora, isso absolutamente não me convenceu. Nessa época, já como herói unissex da abertura, fiquei famoso no Brasil como um *show-man* ou uma *woman-show* (nunca vou saber): posei para anúncios de xampu, de bancos, refrigerantes, cadernetas de poupança, automóveis, e também de brincos e de batom, porque era Marta Rocha, era Raquel Welch, era Vera Fischer, e me tornei uma atração, pois enfeitiçava as mulheres e enlouquecia os homens, tinha até um agente de fala embolada como convém no Brasil (pois os brasileiros se impressionam muito com estrangeiros que nunca perdem o sotaque). Até que começou meu medo e meu drama: descobriram que, quando me transformo em Marta Rocha ou em Raquel Welch, eu mudo o comportamento das pessoas, elas esquecem a fome, a solidão, o desespero, o desemprego, a falta de dinheiro, o salário mínimo, e ficam preocupadas com roupas, em cuidar dos cabelos, descobrir o corpo, dançar, e acham que o Brasil é um imenso Baixo Leblon, onde sempre é verão. E se os operários do ABC paulista ameaçam uma greve geral maior que todas, eu sou mandado para lá (muito bem pago) em lugar dos soldados, dos helicópteros, das metralhadoras, dos camburões, dos cães pastores, e os operários do ABC, vendo-me transformar em Marta Rocha, em Raquel Welch, em Vera Fischer, enchem-se de ilusões, acreditam que os salários engolidos pela inflação ou o desemprego até que são bons, assim nunca vão ganhar barriga, suas mulheres nunca vão engordar, e eles pensam que precisam se cuidar mais, fazer cooper, tratar do corpo, dos cabelos, da própria pele, sonham com um xampu de maçã milagroso e aguardam desesperadamente a chegada do próximo verão, fazem apostas para saber quem será a próxima estrela do verão, qual a música do verão, qual o livro do verão e o filme do verão. E quando as multidões em fúria apedrejam os trens nos subúrbios do Rio de Janeiro ou fazem quebra-quebra em Salvador, na Bahia, eu também vou lá, tiro meus óculos, sorrio mostrando meus olhos verdes e me transformo em Marta Rocha quando jovem, e todos ficam sonhando com alguma festa, com a roupa que vão usar, conformam-se com o que atrasou, com o ônibus caro. E, se um bispo da igreja progressista, ou mesmo um cardeal, dá trabalho, ou se os padres se envolvem em conflitos, eu também sou enviado; estive entre os posseiros do Pará e, ao me verem transformar em Vera Fischer, passaram a sonhar com um aparelho de televisão em cores, acabei com as últimas ilusões de que a Guerrilha do Araguaia podia voltar, e pus todos, homens e mulheres, esperando o perfume de um sabonete novo. Mais tarde, domestiquei os peões da construção civil em Belo Horizonte, criei nos cortadores de cana de Pernambuco a esperança de que na cana eles iam descobrir o soro da juventude, apaziguei gaúchos, tudo sem disparar um tiro, não prendi, não torturei, não matei, não usei o DOI-CODI e nem, é claro, o AI-5, e também não joguei bombas como no Riocentro, não comprometi a imagem de ninguém, apenas eu sorria, ora como Vera Fischer, ora como Marta Rocha. Mesmo entre os índios eu atuei, convenci o cacique Juruna de que o Brasil é Ipanema e deixei as índias esperando o dia em que vão fazer a vida no calçadão da Avenida Atlântica, no Rio de Janeiro, onde brasileiros lhes pagarão por um amor feito às pressas enquanto turistas estrangeiros, sempre à caça de exotismo, vão pagar em dólares. Fiz tudo em troca de dinheiro. Já não passava fome e sarou minha dor de cabeça, que nenhuma aspirina curava, e que era provocada por má alimentação. Não tinha medo de estar na lista da próxima dispensa quando o passaralho chegasse, e em vez de rir para os patrões, agora eram os patrões que riam para mim, acreditando que eu era mesmo Vera Fischer. E eu mesmo já acreditava que era Vera Fischer, e foi então que passei a receber propostas em dólares para ir a El Salvador, à Guatemala, ao Haiti, à Bolívia, ao Chile, porque os golpes militares, as ditaduras mais sangrentas, o estado de sítio ou de emergência, os ditadores que se revezavam no poder ou não, as prisões, as torturas, os assassinatos, os desaparecimentos, os tanques, os fuzis, as metralhadoras, os generais, os coronéis e os soldados bem pagos já não eram suficientes, e queriam que eu fosse a esses lugares e tirasse meus óculos iguais aos do Ray Charles e sorrisse, enchesse o coração de todos de ilusões tão frágeis como um chicle de bola e conseguisse lá fora o êxito que eu estava conseguindo no Brasil, tudo em troca (além de dólares) de medalhas e condecorações e uma recepção na Casa Branca com todo o grande mundo presente e ainda um *show* de televisão pela NBC, *coast-to-coast,* quando também eu deveria rir e me transformar, quem é que sabe?, em Marilyn Monroe, ou em Liz Taylor quando jovem, ou mesmo em Greta Garbo, e apagar o fogo que incendeia o coração dos americanos brancos e negros e que os faz marchar em passeatas, coletar dólares para guerrilheiros, realizar festivais de *rock* e canções de protesto, e, também, com minha aparição eu deveria aplacar a ira dos porto-riquenhos, aquietar os chicanos, os mexicanos, os haitianos, e até os exilados cubanos, e todos os latino-americanos que, porventura ou desventura, estivessem tentando fazer a América. Passei a ter insônia, meu medo cresceu, e fui à tal vidente no Brasil. Lembro que parei meu carro diante de uma casa cinza onde estava escrito numa placa: "Madame Eloah — Vidente", toquei a campainha e a própria madame Eloah abriu a porta.

— Entre — ela disse. — Eu estava à sua espera.
— À minha espera? — falei, entrando na sala. — Mas eu não avisei que vinha...
— Mas eu sabia que você vinha — ela disse. — Você não passou três vezes com seu carro aqui, antes de se decidir a parar?
— Passei.
— Você não chegou a desistir, falando em voz alta no carro, como se tivesse alguém com você: "Isso é uma superstição besta, vou embora pra casa", não falou? — ela

disse e me olhou com seus olhos cor de mostarda. — Não foi exatamente assim que você falou?

— Foi.

— Sente-se — ela disse.

Eu me sentei numa cadeira estofada que estremeceu e me fez pensar numa égua, quando a gente monta em pelo e ela treme toda.

— Você está sofrendo muito, não está?

— Muito — eu respondi.

— Isso é bom.

Ela disse isso e ficou me olhando com seus olhos cor de mostarda. Era uma mulher magra, sua pele era branca e queimada de sol, e seus cabelos eram cor de palha e secos como palha. Os olhos cor de mostarda brilhavam como se ela estivesse febril. Ela puxou uma cadeira e se sentou perto de mim.

— Eu posso ver dentro dos seus olhos verdes — ela disse, segurando minhas mãos. — Posso olhar dentro dos seus olhos verdes e ver seu passado, seu presente e seu futuro...

Eu sentia um gosto de cravo-da-índia no hálito dela.

— Você tem medo que eu fale?

— Não — eu respondi.

— Posso falar tudo que estou vendo? — e ela continuava a segurar minhas mãos, e suas mãos eram quentes.

— A causa de tudo de bom e de ruim que aconteceu com você e que ainda está por acontecer são seus olhos verdes. Você nunca esteve preparado para ter esses olhos verdes...

— Eu não estou entendendo — falei.
— Eu vou tentar explicar, se bem que você não é fácil de ser explicado. Você não é uma pessoa comum...
— Como? — eu perguntei.
— Você é um herói de história em quadrinhos. Oh, é isso que você é...
— Mas eu continuo a não entender.
Ela sorriu pela primeira vez: acho que foi uma mulher bonita no passado.
— Eu vou explicar melhor o que estou vendo dentro dos seus olhos verdes. É isso mesmo: você não é uma pessoa comum — ela seguiu falando, sem largar minhas mãos. — Você é uma onda de boatos; para entender você é preciso saber disso: você é uma onda de boatos, é uma criação do povo, é a necessidade de fantasia do povo, a necessidade de esperança do povo...
— Continue — eu pedi.
— Pois é. Eu olho nos seus olhos verdes e vejo que você é irmão do Capitão Marvel, é irmão do Super-Homem e do Incrível Hulk e, ao mesmo tempo, é um herói do cordel nordestino, é irmão dos lobisomens do interior de Minas, e é irmão do louco do Triângulo Mineiro, que se transformava em peixe, em pássaro, em flor, em árvore, em bosta de boi. Sem esquecer que você é irmão da Garota de Ipanema. Ah, e você é a futilidade brasileira: é a moça e é o rapaz que se preparam para a festa quando, na verdade, está havendo uma guerra...
— Continue — eu disse. — Fale tudo...

— Desde criança que você é pelo menos dois — ela continuou e olhava nos meus olhos verdes —: o que você realmente era e o que todos diziam que você era. Por isso que eu digo: você nunca esteve preparado para esses olhos verdes...

Ela fez uma pausa e largou minhas mãos.

— Seu mal, sabe qual é o seu mal? — ela seguiu falando.

— Seu mal foi ter acreditado que a voz do povo é a voz de Deus. Muitas vezes, a voz do povo é a voz do Diabo, está a serviço do Diabo que oprime e explora esse mesmo povo...

— Explica melhor.

— De noite, antes de dormir, pensa no que eu falei... Você vai entender...

— Ok. Continue...

— Estou assistindo ao filme da sua vida dentro dos seus olhos verdes. Agora eu vejo você criança no interior de Minas. Você não nasceu em Minas?

— Nasci.

— E sua mãe não fez uma promessa de deixar seus cabelos crescerem, ficando como os de um anjo, até você completar 15 anos? Não foi assim?

— Foi — eu respondi.

— Pois agora estou vendo você com 12 anos no interior de Minas. Você parecia uma menina de olhos verdes, principalmente quando ria, não era mesmo?

Incrível, era tudo verdade.

— E jogava futebol, oh, Deus, como você gostava de futebol! — ela continuou. — E agora estou vendo você de calção e chuteiras jogando futebol no interior de Minas. Você era tão bom, que jogava no time dos adultos. E neste exato momento, lá vai você com a bola, lá vai você, naqueles tempos, driblando, e a cada adversário que dribla, sorri e lembra uma linda menina de olhos verdes. E eis que você recebe uma bola no meio de campo adversário. O *centerhalf* dá-lhe combate e ele é seu tio, e é adulto, pai de família, e mesmo assim você faz dele gato-sapato. Até que ele o agarra pela camisa vermelha do Aimoré Futebol Clube e grita com você: "Mais respeito comigo, Marta Rocha!...". Naquela época, todo o Brasil estava apaixonado pela miss Brasil Marta Rocha, era a década de 1950, e, quando seu tio falou assim, a torcida começou a gritar: "Marta Rocha! Marta Rocha!". Não foi exatamente como acabo de ver?

— Totalmente igual — eu disse. — Mas continue...

— Aí você começou a se transformar num mito. Era só uma criança e era um mito — ela continuou, sempre olhando em meus olhos verdes. — Porque diziam que, tal como o lobisomem, você realmente se transformava em Marta Rocha, bastava sorrir. E você passou a acreditar nisso também... duvidava do seu eu real e acreditava no seu eu inventado pelo povo...

— Estou entendendo — eu disse. — Fale mais, fale tudo...

— Agora, no fundo dos seus olhos verdes, vejo a sua solidão no interior de Minas — ela continuou, e voltou a segurar minhas mãos com suas mãos quentes.

— Você tinha medo de ser uma mulher, ficava nu diante do espelho olhando seu pênis. E não havia quem pudesse te ajudar, porque seu pai vivia brigando com sua mãe. Vejo seu pai gritando: "Não quero saber dessa mulherzinha dentro de casa!". E você busca se consolar ouvindo histórias sobre o grande Heleno de Freitas, o demônio louco dos estádios brasileiros, e que era chamado de Gilda. Você ouvia histórias nos bares falando que, quando o grande Heleno de Freitas entrava nos estádios do Rio de Janeiro com sua camisa branca e preta com uma estrela solitária em cima do coração, a torcida adversária do Botafogo de Futebol e Regatas gritava: "Gilda! Gilda! Gilda!". Mas o grande Heleno de Freitas estava louco e internado no Hospício de Barbacena e nem ele podia mais te ajudar...

— É a verdade — eu disse — Era assim mesmo...

— Agora é como num filme. Há um corte, e dentro desses seus olhos verdes eu vejo você... rapaz — ela foi falando. — Um lindo rapaz de olhos verdes. Mas todos o chamavam de Marta Rocha e você aceitava esse nome. Para dizer a verdade, até se esqueceu do seu verdadeiro nome. E você foi recusado para o Serviço Militar porque, na hora do exame de saúde, sorriu, e o médico militar teve a sensação de ver Marta Rocha nua na frente dele, nua e bela como era como miss Brasil, não foi assim?

— Foi exatamente assim.

— Agora estou vendo você lendo poemas de Pablo Neruda e romances de Jorge Amado. Para as namoradas que você arranjava e que tinham a estranha e secreta sensação de que estavam namorando uma outra mulher, você sempre lia em voz alta o "Poema XX", de Neruda: "Posso escrever as coisas mais tristes esta noite...". Há um novo corte agora e você está participando de greves e manifestações estudantis. Vejo dentro dos seus olhos verdes, neste instante, a cena de uma manifestação da UNE contra a presença de Eisenhower no Brasil. Vejo você, diante da sede da UNE na Praia do Flamengo, no Rio de Janeiro. Há uma enorme foto de Fidel Castro pendurada na sede, com a frase em inglês "We like Fidel Castro", em resposta ao *slogan* "I like Ike", que o governo Juscelino Kubitschek lançou para receber o presidente dos Estados Unidos...

— Você está me contando a minha vida... a vida que eu me esqueci de viver...

— Agora, dentro dos seus olhos eu olho e vejo: estamos no dia 3 de abril de 1964 e você está em Belo Horizonte. Há dois dias, houve um golpe militar no Brasil, as tropas estão nas ruas, há milhares de prisões, João Goulart foi derrubado, e já está no exílio no Uruguai. E você está na lista do DOPS de Belo Horizonte para ser preso. Vejo você, usando um chapéu para disfarçar e uns óculos escuros, que mais o tornavam suspeito, entrando no Cine Metrópole, em Belo Horizonte, para ver o filme "Minha Doce Gueixa", com Shirley MacLaine, Yves Montand e Edward G. Robinson...

— Eu tinha tanto medo de ser preso, que entrava no Cine Metrópole na sessão de uma e trinta da tarde e só saía à meia-noite, quando acabava a sessão das dez...

Quando fui Morto em Cuba

— E chegou a um ponto — ela continuou a falar — que você sabia "Minha Doce Gueixa" de cor, porque todos os dias você se refugiava no Cine Metrópole...

— E que roupa eu vestia? — perguntei.

— Você vestia um terno xadrez, não se lembra? — ela falou.

— Lembro, sim. Eu gostava muito desse terno xadrez e sinto saudades dele, assim como sinto saudades de quando era só um repórter desconhecido e pobre...

Ela acendeu um cigarro e, enquanto fumou, nada disse. Depois, segurou minha mão esquerda e seguiu falando:

— Há um novo corte como num filme. Estou vendo você na passeata dos cem mil no Rio de Janeiro. Corria a lenda de que não o conseguiam prender, porque você se transformava em Marta Rocha na hora, e o governo militar não queria ter o ônus de prender uma ex-miss Brasil tão querida. E as esquerdas brasileiras, tão infelizes e tão necessitadas de um herói, divulgavam essa lenda, e você, mais uma vez, acreditava numa lenda a seu respeito...

— É verdade.

— Novo corte: agora estamos debaixo do AI-5 dentro dos seus olhos. Começou a luta armada. Mais uma vez, você é um boato que é divulgado de boca em boca. Há um cartaz com a sua fotografia em todas as partes, procurando o terrorista Marta Rocha. Marta Rocha agora é seu codinome. E agora, dentro dos seus olhos, vai haver um assalto numa agência do Banco Nacional, no Rio de Janeiro, e você vai participar. Estou vendo você, sem nenhum

disfarce, entrando no banco. Já dentro do banco, você sorri e se transforma numa mulher linda. Transforma-se na loura dos assaltos. Todos, homens e mulheres, ficam hipnotizados olhando para você. O assalto é feito sem violência, sem nenhum tiro... e aumentam as lendas sobre você...
— Fale mais — eu pedi —, não pare de falar...
— Agora, dentro dos seus olhos verdes, vai passar a verdadeira versão, nunca antes contada, do sequestro do embaixador americano Burke, de que você participou. É como um *replay*. Dentro dos seus olhos, vejo o embaixador Burke no seu carro. Então surge você diante do carro dele e sorri, assumindo a figura, aos olhos do embaixador americano, não de Marta Rocha, mas de uma certa Justine, de sobrenome Durrell, que ele conheceu em Alexandria. "Justine!", gritou o embaixador Burke na hora. "É um sequestro!", gritaram os agentes secretos que protegiam o embaixador americano. "Justine!", voltou a gritar o embaixador americano. Agora começa o tiroteio dentro dos seus olhos, mas você já pôs o embaixador americano no carro em que você está com outros companheiros, e nos dias em que esteve sequestrado o embaixador Burke recordava seu amor por Justine, sobrenome Durrell, que ele conheceu em Alexandria...
— Meu Deus, é incrível — eu disse. — Mas não pare de falar o que está vendo...
— Começou então a correr a lenda de que você era à prova de bala. Você, Marta Rocha, a loura do assalto, o guerrilheiro ou a guerrilheira que ninguém prendia. E

Quando fui Morto em Cuba

você desafiava o delegado Fleury para um duelo, e as esquerdas, tão necessitadas de um herói, faziam de você o seu herói de história em quadrinhos. E você acreditava em tudo que diziam. Acreditava tanto, que se deslocou do Rio de Janeiro para São Paulo, foi viver na toca do tigre Fleury, você com seus olhos verdes, tão verdes como os de Carlos Marighela. E você, o que fez? Mandou um recado para o delegado Fleury desafiando-o mais uma vez para um duelo. E uma noite você sentiu vontade de tomar uma cerveja como sempre tomava nos bares do Maletta, lá em Belo Horizonte. E foi tomar uma cerveja num barzinho na Mooca. E estava lá quando o delegado Fleury chegou com seus homens atirando, mas como você foi preso e escapou com vida, diziam que era mesmo à prova de bala. Tudo isso eu vejo dentro dos seus olhos. Agora vejo o delegado Fleury torturando você, querendo apagar um cigarro nos seus olhos verdes, mas você o hipnotiza, e o delegado Fleury dorme...

Ela aí apagou o cigarro que fumava.

— Um novo corte agora — ela disse. — A ação não se passa mais no Brasil. Você já está em Paris, como exilado, depois que foi trocado, junto com vários outros presos políticos brasileiros, pelo embaixador da Suíça, que tinha sido sequestrado. Estamos num cabaré pobre de Paris, onde um cartaz anuncia o seu espetáculo: um *brésilien* que se transforma em Brigitte Bardot, Raquel Welch, Sofia Loren, Candice Bergen e em todas as mulheres que fascinam os homens. Não é tudo verdade?

— Tudo verdade. Continue...
— Vejo você agora voltando ao Brasil — ela foi falando. — Foi aprovada a anistia e você está voltando. Vejo você dentro dos seus próprios olhos chegando ao aeroporto internacional do Rio de Janeiro, como um herói. E os brasileiros, que tinham um terrível sentimento de culpa por estarem vivos, por não terem sido presos, torturados, banidos, exilados, assassinados, fizeram uma festa para você e para os outros exilados que chegavam. E na hora em que o carregaram e que a televisão mostrou você, você sorriu e se transformou, primeiro, em Marta Rocha, o que deu em todo o Brasil uma grande saudade, depois se transformou na atriz Vera Fischer. E mais uma vez você errou...
— Errei? Mas por quê?
— Você acreditou em tudo que os jornais, revistas, tevês e, principalmente, em tudo que a onda de boatos dizia a seu respeito. E aí você começou a achar que o Brasil era o paraíso, foi abrindo mais e mais mão de você mesmo, do seu eu verdadeiro, e começou a servir ao mundo dos ricos e dos poderosos, dos que sustentam o fascismo e o resto de ditadura militar no Brasil e essa situação angustiante: não é mais totalmente ditadura no Brasil, mas ainda não é totalmente democracia, e você foi cedendo e cedendo e cedendo e falando no paraíso até que se transformou, e essa é sua tragédia, no garoto-propaganda da sociedade de consumo. E, de tanto que abriu mão de você, perdeu a sua própria masculinidade...

— Mas quem sou eu, afinal? — perguntei a ela.
— Você tem que ser decifrado. Você é um produto tipicamente brasileiro... é uma fantasia brasileira... é essa necessidade de cultivar e cultuar o charme, que é a doença infantil das esquerdas no Brasil...
— Mas eu não tenho esperança?
— Vejo estranhas coisas dentro dos seus olhos verdes — ela disse. — Vejo uma viagem inesperada...
— Viagem para onde?
— Quando sair daqui, você vai comprar um terno branco e uma camisa vermelha...
— Mas pra quê?
Ela ficou calada e me olhava com aqueles seus olhos cor de mostarda.
— Sabe para quê? É para você usar em Cuba, na sua primeira noite em Havana...
— Em Havana? Mas eu não vou a Cuba!
— Você é que pensa. Daqui a um mês você estará voando para Cuba, via Lima, como convidado do governo Fidel Castro. Estou vendo tudo dentro dos seus olhos verdes, como se fosse um filme...
Ela deixou a sala, com seu corpo magro, e daí a pouco voltou com uma garrafa e dois cálices numa bandeja.
— É licor de pequi para comemorarmos a sua ida a Cuba.
— E o que vai me acontecer em Cuba? — perguntei, e bebi do licor.
— Quer saber mesmo? Se não quiser, eu me calo...
— Pode falar.

— Você pode morrer em Cuba — ela disse, com o cálice do licor na mão. — Ou, então, você pode encontrar a mulher da sua vida em Havana, sua outra metade...
— E a minha impotência? — perguntei. — A senhora está se esquecendo da minha impotência?
— Fique tranquilo, se você encontrar a mulher da sua vida — ela disse, e tomou do licor —, você vai vencer sua impotência...
— Eu posso morrer de que em Cuba? O avião pode cair, posso ter um enfarte?
— Não, o avião vai jogar muito de Lima a Cuba, mas não cairá, sua morte em Havana pode ser uma morte muito bonita...
— Bonita? Mas bonita, como?
— Uma morte linda... muito linda...
— E a minha impotência? — eu insisti.
— Não se preocupe. Se você encontrar o seu eu verdadeiro, se você for você mesmo, a sua impotência acaba...
— Acaba mesmo?
— Mesmo.
— E eu deixo de me transformar em Marta Rocha?
— Deixa. Você será você se encontrar o seu eu verdadeiro em Cuba...
Quando ela falou assim, um arrepio de febre ou de frio ou de boca de mulher beijando começou a subir pelo meu pé e se espalhou por meu corpo como uma língua de mulher, e eu me despedi dela, entrei no meu carro e, sempre com aquele arrepio andando pelo corpo, cheguei em

Quando fui Morto em Cuba

casa, abri um envelope da Casa de las Américas convidando-me para ir a Cuba como hóspede do governo de Fidel Castro. Cuidei do passaporte, me despedi dos amigos e dos lugares que amava no Brasil e, mais tarde, no prazo previsto, entrei no avião da Varig no Rio de Janeiro e desci em Lima, com aquela língua de mulher sempre andando pelo meu corpo como uma festa. Em Lima, entrei no Tupolev da Cubana de Aviação e me sentei perto de uma moça que parecia miss e perguntei: "Você é uma poetisa da Nicarágua que estava dando um recital de poesias em Lima?". Ela respondeu que sim, era ela, e, nos vácuos, no medo da morte no avião, no meu braço roçando no braço da poetisa da Nicarágua, no que eu e ela conversamos e combinamos para hoje à noite, em Havana (daqui a pouco ela baterá na porta do meu quarto), em tudo eu sentia a língua de mulher, como um delírio, andando por meu corpo, e quando o Tupolev aterrissou no aeroporto José Martí e um ônibus nos levou ao hotel Havana Livre, e Havana apareceu diante dos meus olhos como uma aparição, a língua de mulher seguiu me queimando, e me queimava quando me despedi da poetisa da Nicarágua, que ficou no andar de cima, dividindo um apartamento com uma moça do Brasil, me queimava quando eu entrei no chuveiro e fiquei ensaboando e cantando "Guantanamera".

Agora, que já estou com o terno branco e a camisa vermelha, essa língua de mulher me faz acreditar que eu vou viver, ou que a morte é um ato sexual muito aguardado

— e uma mão de mulher bate na porta do meu quarto aqui no hotel Havana Livre. Abro a porta e é ela, a poetisa da Nicarágua, e me diz, tentando falar em português:

— Estamos atrasados...

Desço com ela o elevador do hotel Havana Livre e vamos andando a pé por Havana, não tomamos o ônibus como os outros convidados. Por nós passam ônibus lotados de gente cantando como se fosse para um jogo de futebol e também ia gente a pé, muita gente, carregando bandeiras, eram umas bandeiras parecidas com as do Flamengo, e chegava até nós o ulular de Havana, da grande manifestação que ia haver, e aquela língua de mulher ainda percorria meu corpo, e eu andando com a poetisa da Nicarágua sentia uma febre, e abraçados e excitados fomos andando em direção contrária ao ulular de Havana (daqui a pouco Fidel Castro ia falar para uma multidão de um milhão de pessoas) e penetramos numa região escura de Havana, onde, debaixo de árvores, como fantasmas, habitam: uma mulher que propõe fazer amor em troca de dinheiro, um tipo que quer fazer câmbio negro de dólares, um saxofonista negro, sim, mas que sente saudade dos *shows* do Tropicana nos tempos de Batista, um velho que diz que Fidel Castro é o diabo, jovens que sonham com calça Lee e que têm os letreiros luminosos de Miami clareando seus corações, um motorista de táxi desiludido com os barbudos que vieram da Sierra Maestra, sim, aqui, nesta região escura de Havana, podemos encontrar até mesmo antigos e sinceros revolucionários cansados, que hoje sonham com férias em Paris, em Madri ou mesmo em Nova York. Por essa região escura de Havana, fomos andando entre fantasmas. Então, não podendo suportar mais o pássaro de fogo que nos queimava, paramos debaixo de uma árvore onde a noite era mais escura, e sem ligarmos para aqueles fantasmas que andavam por ali, começamos a nos amar em pé, como eu fazia nos tempos de estudante em Belo Horizonte, quando amava as empregadas domésticas que me chamavam de Marta Rocha.

— *Yo soy Nicaragua* — disse a poetisa de Nicarágua.

— *Y tu eres el Brasil...*

Estávamos nos amando, eu me livrando do encanto ou maldição que me transformava em Marta Rocha, quando uma sombra saiu de trás de uma árvore e veio andando na nossa direção, entre aqueles fantasmas, e se aproximou de nós, já ofegantes, já quase no gozo, e então bateu no meu ombro, interrompendo tudo. Eu olhei e vi um homem alto e magro usando uma capa gaúcha e um chapéu como no Brasil. Eu não via o rosto dele, mas consegui ver quando ele sacou o revólver de cabo de madrepérola, apontou para mim e falou em português, com um sotaque do interior de Minas:

— Vou te matar, Marta Rocha... você não vai me escapar, Marta Rocha!

Eu reconheci a voz do meu tio que me pôs o apelido de Marta Rocha, mas esse meu tio que me pôs o apelido de Marta Rocha tinha morrido há muitos anos no Brasil, no entanto, ele estava ali, no meio daqueles fantasmas, e me

apontava um revólver enquanto a poetisa da Nicarágua me abraçava, tentando me proteger.
— Sabe por que eu vou te matar aqui em Havana, Marta Rocha? — falou meu tio. — Sabe por quê, Marta Rocha? Eu respirei o cheiro de Havana misturado com o cheiro da pele da poetisa da Nicarágua: vinha de longe, a voz de Fidel Castro e disse:
— Eu vou te matar, Marta Rocha, não é porque agora você anda metido com essa cambada de comunistas e subversivos, não — e ele me apontava o revólver. — Vou te matar, Marta Rocha, não é nem porque você sempre foi a ovelha negra da família. Eu vou te matar, Marta Rocha, é porque você tem olho verde, e isso de ter olho verde eu não permito...
Meu tio então falou para a poetisa da Nicarágua:
— Chega pra lá, moça, você não tem nada a ver com a história...
Ela se afastou e saiu um clarão da boca do revólver do meu tio e eu caí sentindo um cheiro de terra. Lembro que dei um grito antes de morrer e, desde então, me transformei num boato que anda espalhando que a felicidade está chegando na América Latina, voltei a ser o que eu sempre fui: um boato, batom vermelho na boca do povo.

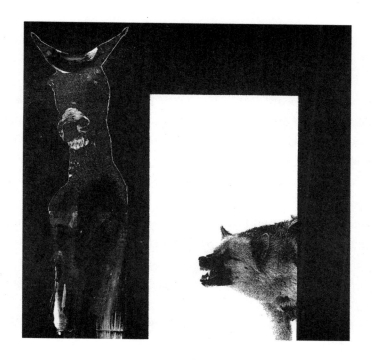

Pela porta verde

A Carlito Maia

O que me espanta é a sua cara de anjo. Por Deus que é isso que me espanta. Agora me fala: qual é a sua idade?

— Vinte e nove anos.

— Não parece. Juro que não parece. E olhando para essa sua cara de anjo ninguém ia imaginar o que você fez. Por Deus que ninguém ia imaginar. Mas qual é a data do seu nascimento?

— Sete de outubro de 1942.

— Ah, então você é de Libra?

— Sou.

— É um bom signo. Uma pessoa de Libra não era para se meter em encrencas como você se meteu. Juro que não era. Onde você nasceu?

— Em Lavras, Minas Gerais.

— Não brinca, você é de Lavras?

— Sou.

— Eu nunca vou me esquecer de um licor de jabuticaba que eu tomei em Lavras. Sabe aquela pracinha de Lavras?

— Qual delas?

— Uma perto de um posto de gasolina da Esso, sabe qual?

— Sei.

— Pois na pracinha, ao lado do posto de gasolina da Esso, tinha um bar chamado... como é mesmo o nome do bar?

— Bar do Juca.

— Isso mesmo... Bar do Juca. Eu estava indo para São Paulo e resolvi parar em Lavras porque me disseram que lá havia um biscoito feito com leite que derrete na boca. Já comeu dele?

— Já.

— Então eu parei no posto da Esso perto da pracinha para pôr gasolina no carro, e falaram que no Bar do Juca tinha o tal biscoito. E eu fui e comprei três pacotes, e então o dono do bar, o seu Juca, não é seu Juca o nome dele?

— Não. É Hilário.

— Hilário. Mas ele não é o dono do Bar do Juca?

— É.

— Então ele tinha que se chamar Juca.

— Mas o nome dele é Hilário.

— Não faz mal. Aí o Hilário disse: "Capitão, não quer provar um licorzinho de jabuticaba?". Eu provei: era divino. Lembro que o Hilário falou comigo numa voz baixa, suave. Você não parece mesmo ser de Lavras. Juro que não parece. Os homens de Lavras falavam baixo como sacristães. E o que me espanta é que uma pessoa do signo de Libra, e ainda mais nascida em Lavras, tenha feito o que você fez. Por Deus que é isso que me espanta. Ia me esquecendo: qual o nome dos seus pais?
— Maria Leopoldina Belisário e Murilo Antunes Belisário.
— Estão vivos?
— Meu pai, não.
— Morreu de quê?
— Enfarte.
— A saúde de sua mãe é boa?
— É.
— Então ela pode saber de tudo?
— Pode.
— Não há nenhum risco?
— Nenhum.
— Qual o endereço dela em Lavras?
— Rua Benedito Valadares, 466.
— E o CEP?
— 16.000.
— Eu mesmo vou escrever para sua mãe contando tudo.
— Está bem.
— Não quer mandar nenhum recado para sua mãe?

— Não.
— Nem justificar o que você fez?
— Não.
— Você é o filho mais velho?
— Não. O terceiro.
— Quantos irmãos?
— Oito.
— Todos vivos?
— Todos.
— Então você vai ser o primeiro a morrer?
— É.
— Você tem CPF?
— Tenho.
— Qual o número.
— 0788222986.
— E a Carteira de Identidade, você tem?
— Perdi.
— Perdeu onde?
— Aqui na prisão.
— Qual é o tipo do seu sangue?
— Não sei.
— Você tem preferência por algum perfume?
— Não.
— Quando eu estava em Lavras fazia calor, mas soprava uma brisa, e, quando a brisa soprava, eu sentia cheiro de jasmim. Você devia carregar Lavras no coração. Por Deus que você devia. Mas me diga uma coisa: você faz regime para emagrecer?

— Não.
— Qual é o seu prato preferido?
— Frango ao molho pardo.
— Não quer comer antes?
— Não.
— Por quê?
— Porque não.
— Se quiser, eu providencio. Aqui perto tem um restaurante muito bom.
— Não.
— Você se arrepende do que fez?
— Não.
— Faria tudo outra vez?
— Faria.
— Tudo mesmo?
— Tudo.
— Mataria de novo a velhinha na porta do banco?
— Eu não matei a velhinha.
— Você confessa que é materialista ateu?
— Não.
— Você reza?
— Às vezes.
— Às vezes como?
— Andando de avião eu rezo.
— E quando mais?
— Quando o Botafogo joga.
— Você não quer rezar antes?
— Não.

— Nem uma ave-maria?
— Não.
— Não quer falar com um padre?
— Não.
— Um homem de Lavras devia rezar mais vezes. Juro que um homem de Lavras devia rezar mais. Por Deus que devia. Você não parece ser de Lavras. Eu já disse e repito. Você sabe que vai morrer?
— Sei.
— E não quer dizer qual é seu último desejo?
— Não.
— Você não gostaria de beber um licor de jabuticaba de Lavras antes de morrer?
— Não.
— Eu posso providenciar. Eu tenho uma garrafa em casa.
— Não.
— Você fuma?
— Não.
— Incomoda se eu fumar?
— Não.
— Você teve algum amor na vida?
— Tive.
— Ainda tem?
— Tenho.
— É sua mulher?
— Não.
— É mulher de outro?
— É.

Quando fui Morto em Cuba

— Um homem de Lavras nunca devia amar a mulher do próximo. Os homens de Lavras têm coração doce. Eu fiquei cinco horas em Lavras e não vi um homem que levantasse a voz ou gritasse como ontem você gritou. Você gostaria de mandar alguma mensagem para a mulher que você ama?
— Não.
— Nem um bilhete?
— Não.
— Eu poderia entregar em mãos para você. Sem provocar suspeitas do marido.
— Não.
— Qual é o seu tipo de mulher?
— Loura.
— E a mulher que você ama é loura?
— Não. É morena.
— Mas é uma incoerência, não acha?
— Não.
— Você já amou alguma loura?
— Não.
— Você não quer ficar com uma loura antes de morrer?
— Não.
— Eu posso providenciar. Posso telefonar e conseguir uma loura. Não quer?
— Não.
— Você sabe que pode escolher como vai morrer?
— Sei.
— Sabe que é totalmente livre para escolher como vai morrer?

— Sei.
— Sabe que respeitaremos a sua escolha?
— Sei.
— E você já escolheu como vai morrer?
— Ainda não.
— Aceita uma sugestão?
— Depende.
— Você foge. Entendeu?
— Não.
— Você foge da prisão. Está vendo aquela porta verde?
— Estou.
— Ela dá para a rua. Você abre a porta verde e foge. Quando você abrir a porta verde, soa a campainha de alarme. E os meus homens sairão atrás de você e resolverão tudo da melhor maneira. Você se incomoda se os cães também o perseguirem?
— Não.
— Você não quer mesmo fazer nada em especial antes de morrer?
— Não.
— Você jura que sua mãe não sofre do coração?
— Juro.
— Posso ficar tranquilo que ela não vai morrer ao saber da notícia?
— Pode.
— Então pode ir.
— Está bem.
— Pela porta verde.
— Está bem.

O rio é um deus castanho

1
Meu pai está morrendo dentro do quarto.

2
O quarto é escuro e meu pai está morrendo lá.

3
Aqui na sala estamos esperando que meu pai morra dentro do quarto.

4
Disse o médico que meu pai ia morrer antes das oito da noite, mas já passa das dez da noite e meu pai continua morrendo dentro do quarto.

5
No quarto onde meu pai está morrendo estirado numa cama, minha mãe é um vulto branco sentado na cabeceira.

6
Às vezes meu pai grita dentro do quarto.

7
Quando meu pai grita dentro do quarto, a vizinha que quando passa deixa um rastro de alegria na rua e que está sentada no sofá aqui na sala fica olhando para mim e eu sinto vontade de cantar, mas cantar é a última coisa em que eu devia pensar agora, porque meu pai está morrendo dentro do quarto.

8
Ela é morena, falsa magra, talvez tenha 25 anos, seus olhos são cinzas e eu quero olhar para ela, mas olho para o chão, porque meu pai está morrendo dentro do quarto.

9
Ela está sentada no sofá logo na minha frente e, se meu pai não estivesse morrendo dentro do quarto, eu podia olhar suas pernas.

10
Podia olhar seus joelhos quando ela cruza as pernas.

11
Podia olhar um pedaço das coxas.

12
Podia olhar seus ombros nus e morenos.

13

E sua boca, que tanta sede me dá, eu também podia olhar, se meu pai não estivesse morrendo dentro do quarto.

14

Mesmo assim, olho para ela, mesmo sabendo que meu pai está morrendo dentro do quarto, eu olho para ela.

15

Ela acende um cigarro e eu gosto do jeito de ela segurar o cigarro e de como engole a fumaça e depois solta a fumaça pela boca, mas escuto um grito e me lembro de que meu pai está morrendo dentro do quarto.

16

Então, ela me olha com seus olhos cinzas outra vez e eu fico querendo cantar, meu pai está morrendo dentro do quarto e eu fico querendo cantar.

17

Tento pensar no meu pai que está morrendo dentro do quarto.

18

Nunca, em toda minha vida, nem quando eu era criança, meu pai me abraçou, me beijou, ou passou as mãos nos meus cabelos, e agora meu pai está morrendo dentro do quarto e o quarto é escuro e ele está morrendo lá.

19

Não me lembro de ter visto meu pai rir alguma vez: ele apenas esboçava um leve sorriso quando escutava Alvarenga e Ranchinho cantando no rádio. Mas isso faz muito tempo, ainda morávamos no interior, e agora meu pai está morrendo dentro do quarto e ele já não pode rir.

20
Lá do sofá, a vizinha cruza as pernas, ela não devia fazer isso, porque meu pai está morrendo dentro do quarto.

21
Eu podia falar com ela que meu pai sempre foi um homem triste. Acho que ela ia entender, mas isso já não tem sentido, afinal, meu pai está morrendo dentro do quarto.

22
Minha mãe sai de dentro do quarto onde meu pai está morrendo, para na minha frente e diz que meu pai está me chamando no quarto onde ele está morrendo.

23
Todos na sala ficam me olhando e a vizinha também está me olhando com seus olhos cinzas, e eu quero cantar, sim, eu quero cantar e entro no quarto onde meu pai está morrendo.

24
Eu me ajoelho na cabeceira da cama e a mão do meu pai começa a tatear meu rosto no escuro. Depois meu pai enfia os dedos no meu cabelo e fala: "Meu filhinho". Meu pai nunca me chamou assim, e agora ele está morrendo dentro do quarto e me chama de meu filhinho.

25
Meu pai segura a minha mão e pergunta se eu me lembro de quando caçávamos pato selvagem. Respondo que sim e meu pai ri e diz: "A gente era feliz, não era?". Digo

Quando fui Morto em Cuba

que sim, que a gente era feliz, e outra vez meu pai ri, ele está morrendo dentro do quarto e ri.

26
Deixo meu pai morrendo dentro do quarto e volto à sala, e lá está ela, a vizinha de olhos cinzas, como a magra bandeira da alegria, mas não é hora de ser alegre, e eu subo a escada para a parte mais alta da casa, deito na cama com a cabeça enfiada no travesseiro e fico pensando no meu pai que está morrendo dentro do quarto.

27
Escuto passos subindo a escada e imagino que alguém vem dizer que meu pai acaba de morrer dentro do quarto.

28
Mas, quando eu olho, vejo a vizinha de olhos cinzas entrando: quero gritar, cantar, e isso me dói porque meu pai está morrendo dentro do quarto.

29
Quero dizer para ela ir embora, que meu pai está morrendo dentro do quarto, e ela deve ir embora, mas ela senta-se a meu lado na cama e eu sinto que ela é a perna que me faltava e eu não sabia que faltava, e eu beijo sua boca de lábios ressecados, meu pai está morrendo dentro do quarto, mas eu beijo aquela boca de lábios ressecados.

30
Ela escapa como uma lebre e anda em direção à porta do quarto: eu penso que ela vai embora, e até acho bom, porque meu pai está morrendo dentro do quarto e eu não devia mesmo beijá-la, mas ela fecha à chave a porta que dá para a

escada e fica descalça. Eu a abraço e outra vez nos beijamos, no entanto meu pai está morrendo dentro do quarto.

31
Eu a comparava aos anjos quando a via passar de manhã, mas agora que meu pai está morrendo dentro do quarto e ela dança, eu suspeito de que ela é o demônio e que veio me tentar.

32
Ela tira a saia, depois ela tira a blusa: está sem sutiã e eu vejo seus seios pequenos e rijos e logo ela fica nua, mesmo que meu pai esteja morrendo dentro do quarto, ela fica nua.

33
Eu também fico nu e beijo sua boca e os inquietos pássaros que são seus seios. Meu pai está morrendo dentro do quarto e nós estamos nos amando: eu e ela.

34
O vento sopra uma aragem nos nossos corpos nus e suados. Eu sinto na boca o sabor de sal da pele dela e digo que gosto do sal da sua pele. E ela diz: "O sal está na rosa silvestre". E pergunta: "Conhece T. S. Eliot?". Eu digo que não. E ela começa a declamar:
"Não sei muito acerca dos deuses
mas creio que o rio é um deus castanho..."
Meu pai está morrendo dentro do quarto e ela está declamando T. S. Eliot.

35
Ela fica abraçada comigo: eu sinto que ela é mesmo alguma coisa minha, minha mão, minha perna, minha boca,

minha costela, minha alma, e ela diz que nós dois vamos unir as águas de nossas vidas como um rio que é o nosso deus. Uma coisa começa a cantar dentro de mim, como uma festa, mas eu sei que agora não é hora de festa, afinal de contas, meu pai está morrendo dentro do quarto.

Comendo
camarão grelhado

Saibam todos: Sua Excelência, o Ministro do Planejamento, famoso por seu fraco por camarão grelhado, foi escolhido o Homem de Visão do Ano, por unanimidade, sem nenhum voto contra ou em branco.

Esta noite é a entrega do título (que consta de uma placa de ouro, com o nome do agraciado) durante um banquete de mil talheres no Maksoud Plaza Hotel, em São Paulo. Repórteres que cobrem o acontecimento estão curiosos por saber se o Ministro do Planejamento, que pesa 132 quilos e está seguindo a Dieta Revolucionária do doutor Atkins, resistirá às tentações.

Além de cinco estações de televisão, de 32 fotógrafos e de uma claque contratada para dar vivas e puxar palmas, estão presentes ao banquete no Maksoud Plaza Hotel industriais, banqueiros, líderes do comércio, oito generais, um bando de coronéis, uma revoada de capitães, 13 governadores, políticos da situação e da oposição não radical, penetras, um padre solitário (capelão militar, por sinal), ministros, mulheres elegantes, algumas beldades, candidatas a estrelas, pelegos sindicais, um pai de santo, jornalistas, renomados puxa-sacos, especuladores do câmbio negro do dólar (à espera de uma nova maxidesvalorização do cruzeiro), agentes secretos e, até, gente de bem.

Do menu constam mais de 49 pratos diferentes preparados pelo francês Paul Bocuse (especialmente contratado), e, como não podia deixar de ser, um dos destaques é o prato preferido de Sua Excelência, o Ministro do Planejamento: camarão grelhado.

Pouco antes do início do jantar, aparece uma lua em forma de foice no céu estranhamente limpo e estrelado de São Paulo. Logo começa a soprar uma brisa (que o Serviço de Meteorologia disse que era o prenúncio de uma frente fria vinda da Argentina, que traria de volta a garoa). Aos poucos, a brisa vai espalhando por toda a cidade de São Paulo o cheiro dos 49 pratos do banquete. Dez milhões de pessoas estão respirando a brisa e sentindo fome em São Paulo.

Enfim, todos tomam seus lugares: está começando o banquete no Maksoud Plaza Hotel.

No exato momento em que Sua Excelência, o Ministro do Planejamento, põe na boca o primeiro camarão grelhado, o cheiro do banquete acorda os subempregados, mendigos, ladrões e retirantes do Nordeste e de Minas que dormem debaixo de uma marquise perto das margens do Tietê.

Clareados pela foice de lua, eles lembram fantasmas.

Quando Sua Excelência, o Ministro do Planejamento, engole às pressas o terceiro camarão grelhado, toma um gole de vinho francês e ri da brincadeira do presidente da Federação das Indústrias de São Paulo, que aponta a lua em forma de foice no céu que ainda bem que só havia no céu a foice (e não também o martelo), nesse momento, debaixo da marquise perto do Tietê, o subempregado conhecido como Mineiro enche os pulmões com o ar carregado do cheiro de pratos do banquete e diz que não suporta mais a fome. Os outros (inclusive sua mulher) dizem que é melhor o Mineiro dormir e deixar de besteira.

Um mendigo que todos os anos tira férias (e até leva presentes para os parentes no interior de Minas) está ouvindo um transistor e explica aos outros que o cheiro tão bom que sentem vem do banquete oferecido pelos ricos de São Paulo ao Ministro do Planejamento do Brasil.

Como fantasmas, todos vão se deitando debaixo da marquise para tentar dormir.

Na hora em que o mendigo apaga o transistor, Sua Excelência, o Ministro do Planejamento, come o 15º camarão grelhado e pede desculpas ao doutor Atkins.

Há um clima de euforia entre os mil participantes do jantar no Maksoud Plaza Hotel, pois, no discurso que vai pronunciar agradecendo sua escolha como Homem de Visão do Ano, Sua Excelência, o Ministro do Planejamento, vai anunciar medidas que tornarão os ricos mais ricos.

Todos sorriem, comem e bebem muito no Maksoud Plaza Hotel.

Então a brisa sopra com maior intensidade em São Paulo e a fome de 10 milhões de pessoas aumenta.

Sua Excelência, o Ministro do Planejamento, mastiga o 19º camarão grelhado quando, debaixo da marquise perto do Tietê, o subempregado conhecido como Mineiro, não suportando mais o cheiro da brisa, rasteja até um caixote de papelão e conversa em voz baixa com um nordestino que chamam de Carcará.

Em seguida, no momento em que o Governador de São Paulo ergue o terceiro brinde ao Ministro do Planejamento, o subempregado Mineiro e o nordestino Carcará andam pela rua perto do Tietê. Param numa casa de madeira, onde dorme o Maneta, que só tem o braço esquerdo e ganha a vida com um realejo e um papagaio que (à falta de um periquito verde) olha a sorte dos sem sorte, pegando com o bico um papelzinho fechado que o Maneta entregava a cada freguês.

Mineiro e Carcará acordam o Maneta e dizem que querem o papagaio.

O Maneta responde que só morto entrega o papagaio. Então Mineiro e Carcará matam o Maneta e levam o papagaio.

O *maître* do banquete no Maksoud Plaza Hotel informa aos repórteres que já haviam sido consumidas 1.300 garrafas de vinho francês, 230 de uísque escocês e 13 garrafas de vodca.

Sua Excelência, o Ministro do Planejamento, já comeu 22 camarões grelhados, misturou vinho, vodca e uísque, e é capaz de jurar que o doutor Atkins o vigia escondido dentro do copo de vodca, como um espião.

Naquela hora, um banqueiro que tem alucinações desde o tempo em que dava dinheiro para a Oban torturar e matar guerrilheiros urbanos, é o primeiro a ver um martelo abraçado com a foice de lua no céu de São Paulo.

Agentes secretos são acionados e o general-comandante do II Exército declara aos repórteres que nada pode fazer, afinal a lua não está sob a jurisdição do II Exército.

Longe dali, o papagaio sente que o Mineiro e o Carcará vão matá-lo, olha a foice de lua e o martelo no céu e grita, como se também tivesse misturado vodca com vinho e uísque:

— Viva a Internacional Comunista!

O Mineiro e o Carcará matam o papagaio, depenam, temperam com sal e limão e o põem para assar como um galeto no fogo entre pedras num terreno baldio.

Os dois se olham esperando o papagaio assar.

Um vigia o outro e os dois estão armados com as peixeiras que usaram para matar o Maneta.

Passa algum tempo, o suficiente para sua Excelência, o Ministro do Planejamento, mastigar o camarão grelhado de número 28, o suficiente para o presidente da Federação do Comércio de São Paulo dar um viva ao Duque de Caxias, o suficiente para o governador paulista sentar-se ao piano e tocar o Concerto nº 3 de Chopin, o suficiente para o cheiro do papagaio assado se misturar com o cheiro que a brisa traz do Maksoud Plaza Hotel.

O Mineiro então puxa sua peixeira e diz ao Carcará que o peito assado do papagaio é dele, que foi ele quem teve a ideia.

O Carcará também puxa a peixeira e diz que iam rachar o papagaio irmamente.

Rachar o papagaio irmamente é uma ova, fala o Mineiro, e enfia a peixeira na barriga do Carcará.

O Carcará grita e salta para trás, e, ajudado por uma nuvem do tamanho de uma garça, que esconde a foice de lua, avança e enfia a peixeira um pouco abaixo do coração do Mineiro.

O Mineiro vacila como no passo de uma dança e o Carcará puxa a peixeira e a enfia na barriga do Mineiro.

O Mineiro se abraça com o Carcará e o esfaqueia nas costas, e os dois caem no chão.

A foice de lua reaparece no céu de São Paulo.

O Mineiro e o Carcará estão caídos e sangrando, e ainda se esfaqueiam.

No banquete no Maksoud Plaza Hotel, Sua Excelência, o Ministro do Planejamento, come o 30º camarão grelhado e jura pelo doutor Atkins que aquele será o último camarão que come.

O Mineiro e o Carcará param de se esfaquear e ficam abraçados no chão como dois amantes.

— Tou morrendo — diz o Mineiro ao Carcará.

— Eu também — diz o Carcará ao Mineiro.

Os dois ainda iam falar alguma coisa, mas não tiveram tempo: morreram abraçados no chão.

No salão do Maksoud Plaza Hotel, encorajado pela mistura de vinho francês, vodca e uísque, e pela alegria geral, Sua Excelência, o Ministro do Planejamento, não resiste à tentação e come o 31º camarão grelhado.

Com o andar de Robert Taylor

Sigam este homem que está andando no anoitecer desta sexta-feira de julho no Brasil; ele tem 59 anos, 40 dos quais vividos nas prisões brasileiras, na vida clandestina e no exílio, e, se vocês o observarem bem, vão notar que parece mais velho do que é. Talvez seja porque hoje, enquanto caminha por uma rua de B..., a bela B... em que, nos piores dias da ditadura do general Médici, viveu com o codinome de Afonso, ele sinta a ligeira falta de ar dos amantes abandonados e seja perseguido por uma descoberta:

— É mais fácil um homem enfrentar um pelotão de fuzilamento do que enfrentar a solidão no amor...

Saibam que, em outros tempos, sua fotografia podia ser vista nos aeroportos, nos terminais rodoviários, nas estações de trem, nos bares, num cartaz cujas letras grandes gritavam: "Terrorista. Procura-se". Havia mesmo um prêmio em dinheiro (oferecido por industriais e banqueiros paulistas) para quem desse sua pista à polícia. E ele foi preso. A propósito, seu objetivo, enquanto caminha, é rever o lugar em que foi preso, muitos anos atrás, e, por coincidência, numa sexta-feira de julho fria como a de hoje. Portanto, não o percam de vista, alguns imprevistos podem acontecer. Sigam-no. E se ele parar de repente e olhar para trás, como quem se descobre seguido, finjam que não o estão vendo. Aliás, mesmo no exílio, ele julgava-se seguido: nas ruas de Argel, de Paris, de Lima, de Praga, de Santiago do Chile, mesmo nas ruas de Moscou, ele sofria dessa espécie de paranoia dos clandestinos. Certa noite, no metrô de Paris, havia um homem que o olhava com a insistência dos detetives, e ele decidiu:

— Se ele me der voz de prisão, eu o mato!

Mas quando alguém desceu do metrô numa estação e ficou vago o lugar do seu lado no metrô de Paris, o estranho que ele julgava agente do governo brasileiro sentou-se exatamente ali, encostou a perna na perna dele e o olhou com um olhar negro e úmido que lembrava negras azeitonas espanholas mergulhadas no azeite. Essa cena (com o alívio e o incômodo que sentiu na hora), ele contava rindo em Cuba, pois em Cuba ria muito, estar em Havana era como estar em Salvador, na Bahia, os bares de Havana cheiravam familiarmente, tinham o mesmo odor de suor dos bares de Salvador. E, em Havana, ele não se sentia seguido nem vigiado, e só muito mais tarde (depois da morte de vários exilados que voltaram clandestinamente ao Brasil) é que foi descoberto que seu companheiro de quarto de Havana, a quem tratava como o filho que nunca teve, era um agente duplo da CIA e do regime militar brasileiro.

Mas voltemos ao nosso personagem antes que vocês o percam de vista, pois, mesmo hoje, que está anistiado, ele não perdeu o costume de despistar seus seguidores, imaginários ou não. Vejam: lá vai ele, clareado pelas lâmpadas de mercúrio, e respira o mesmo cheiro doce e enjoativo da dama-da-noite que respirava naqueles tempos da ditadura do general Médici. Está um pouco encolhido pelo frio de julho e, agora, que caminha pela rua onde morava, sente saudade de quando era um homem caçado e vivia clandestinamente. Agora, ele encosta-se numa árvore, sua conhecida antes, e olha a rua onde meninos jogam futebol e babás passeiam com crianças.

"Era a fase mais negra da repressão no Brasil — ele está pensando —, mas eu era estupidamente feliz..."

Ele reconhece aquelas árvores da rua, mas das casas antigas só vê duas ou três, as outras deram seus lugares a edifícios magros e esguios, que parecem invasores. Sente falta de uma casa cor de chocolate em cuja janela um velho de pijama, a pele muito branca, conversava sozinho.

"Era tão bom olhar a casa cor de chocolate — ele segue pensando —, e eu sentia vontade de conversar com o velho de pijama..."

Atenção, porque agora ele vai andando pela rua, antes tão familiar, à procura do pequeno edifício onde morou clandestinamente. Mas não vê o edifício: em seu lugar, letras verdes anunciam que ali é o Golden Center. Quem sabe está enganado? Não reconhece, logo em frente, o edifício grande e esverdeado, com a farmácia no térreo. Sente-se traído por não ver o prédio em que viveu com o nome de guerra de Afonso e onde foi tão feliz com Patrícia, e (observem) ele pergunta a um menino que joga futebol na rua o que foi feito do antigo prédio.

— Implodiram ele — responde o menino.

Era como se tivessem implodindo um pedaço dele: era um edifício amarelo, de três andares, onde ele ocupava o apartamento do terceiro andar que dava para os fundos e de cuja janela via o grupo escolar que ainda hoje está lá, vejam. Naqueles anos da ditadura do general Médici, o alto-falante do grupo escolar tocava hinos e músicas patrióticas e de exaltação. Era assim mesmo na véspera do carnaval, e toda manhã tocava "Eu te amo, meu Brasil".

"A diretora do grupo — ele recorda agora — tinha uma voz esganiçada e gritava no alto-falante: 'Viva o Presidente Médici!'"

Naquela época, quando a campainha do apartamento tocava, ele sacava sua Mauser, ficava esperando, a respiração presa, o coração batia forte, a ponta do nariz suava.

Quando fui Morto em Cuba

Podia ser a polícia, o Ibope ou mesmo as vendedoras da Avon Chama (muitas das quais trabalhavam para o SNI e o DOI-CODI), ele sentia um medo misturado com excitação sexual, quase um orgasmo. Pois, quando a campainha do apartamento tocava, podia também ser Patrícia, codinome. "A Menina", muito mais nova do que ele, tinha idade (17 anos) para ser sua filha. É bom que vocês saibam que Patrícia se sentiu atraída, primeiro, pelo seu ar paternal, depois, por sua vivência revolucionária, até que se apaixonou, sem saber por quê, e ele dedilhou suas cordas de mulher como se ela fosse uma guitarra de onde tirava músicas e gritos abafados.

Há muitos anos que não vê Patrícia: ele foi preso, trocado pelo embaixador da Suíça, e esperou sempre, e em vão, que ela aparecesse numa leva de exilados vindos do Brasil, e quando, já anistiado, desceu no Aeroporto Internacional do Rio de Janeiro, acreditava que fosse ver aquele vulto magro e louro, de olhos azuis e sardas no nariz, acenando para ele. Mas Patrícia não estava lá. E se hoje Patrícia aparecer?

Muita atenção, que nosso personagem caminha agora para o local em que foi preso: estão vendo aquela árvore lá na frente, quase na esquina? Pois foi debaixo dela que ele caiu numa emboscada. Até hoje ele não sabe quem o entregou — sigam-no; ele vai andando para lá. E lembra-se: estava armado com sua Mauser e ia como um cavalo, porque a alguns quarteirões dali Patrícia o esperava no supermercado. Fariam compras, magras compras, e durante todo o fim de semana se refugiariam no apartamento, e ele andava e pensava nas pernas louras de Patrícia. Então, uma mulher mulata e magra, parada debaixo da árvore, falou com ele:

— Por favor, me arranja fogo...

Ela parecia mulher de *trottoir* e, quando ele tirou o isqueiro do bolso e acendeu o cigarro dela, clareando um rosto magro e ossudo, de maçãs salientes, a boca carnuda e lambuzada de batom, sentiu uma coisa dura na nuca e uma voz de homem disse atrás dele:

— Não se mexa, Leopoldo!

Ele estava tão pouco acostumado a ouvir seu próprio nome, que, por um momento, julgou que tinha havido um engano, que não era ele que queriam. Mas logo surgiram homens apontando metralhadoras, apareceram cães, sirenes tocaram.

"Eu nem pude sacar minha Mauser — ele lembra agora. — Mas eu pensei em Patrícia e não tive medo..."

Foi por Patrícia, mais do que por suas convicções revolucionárias, que suportou as torturas, depois o exílio, contando os meses em que esteve doente, internado num hospital de Paris, sem ver nem ouvir um brasileiro durante 120 dias, conversando sozinho para escutar a própria voz.

Como vocês estão vendo, nosso personagem fica parado debaixo da árvore, reconstitui a cena da prisão, e agora segue: vai em direção ao supermercado, onde tinha um encontro com Patrícia, há quase 11 anos. Observem: o supermercado já não é o mesmo, mudou de nome, aumentou de tamanho, e é mais movimentado que antes. Estejam atentos: ele pega um carrinho de fazer compras, sai pelo supermercado, associa o cheiro de sabão em pó e dos cosméticos a Patrícia, imagina como teria sido se, em vez de preso, tivesse encontrado Patrícia, comprassem pão, queijo, linguiça, ovos e laranja e fossem se amar. É bom vocês não perderem nenhum lance agora: ele está pensando assim quando vê lá adiante, empurrando o carrinho de compras, alguém como Patrícia. E, estão vendo?, ele se aproxima devagar, sem que ela veja, pois é ela, Patrícia, apenas os anos a marcaram um pouco. Eis que, numa esquina dentro do supermercado, ele a fecha com seu carro vazio (enquanto o dela está cheio) e a olha sério, mas já a abraçando, espera um sorriso, mas Patrícia grita:

— Não me faça mal! Eu te imploro!

Ele a olha sem entender.

— Você não vai me fazer nada, não é mesmo? — ela fala.

— Eu era muito nova! Foi por isso que eu te denunciei à polícia. Eu juro que não foi pelo prêmio que me deram!

Ela começa a chorar e diz:

— Não foi pelo dinheiro! Eu juro! Eu era muito nova e eles me ameaçaram! Eu era muito nova!

Aproximem-se: vejam como ele está pálido, como seus lábios tremem, enquanto Patrícia se ajoelha a seus pés e fala, sem deixar de chorar:

— Eu te imploro! Não me mate! Você não acredita em Deus, mas eu te imploro por Marx, Engels, Lênin e Stálin! Não me faça nada! Eu era muito nova! Não foi pelo dinheiro que eu te denunciei! Eu só tinha 17 anos.

Afastem-se um pouco, agora que ele vira as costas e deixa Patrícia ajoelhada e chorando, e vejam como ele vai andando como se nada tivesse acontecido: saibam que ele está pensando numa cena de um velho filme em que Robert Taylor caminhava só no *fog* londrino depois de perder a mulher que amava, pois nesta hora é Robert Taylor (que tão mal se comportou na época do macartismo nos Estados Unidos), e não Marx, Engels, Lênin e Stálin, quem o ajuda a seguir andando, e observem, antes que ele desapareça na saída do supermercado, como ele vai caminhando com o andar de Robert Taylor: a cabeça está erguida e ele até endireita um pouco os ombros, olhem só.

God save America
(Um jazz toca no meu coração)

O Brasil estava bêbado, essa é que é a verdade, e eram dez e quinze da noite de um sábado, e um homem aparentando 35 anos pegou o telefone e discou um número. Ele estava só naquele apartamento no Brasil e, pela janela aberta, via uma lua crescente, também bêbada, no céu de abril.

— *Hello!* — ele disse ao telefone.
— ???
— *New York Operator?* — ele continuou.
— ???

— Here is from Brazil — ele seguiu dizendo.
— ???
— Oh, Yes, Brazil, New York Operator, *B-r-a-z-i-l...*
— ???
— *Sorry, New York Operator, my English is very poor...*
— ???
— Você fala português, telefonista de Nova York?
— ???
— Eu preciso de sua ajuda, telefonista de Nova York...
— ???
— Você é a única pessoa do mundo que pode me ajudar...
— ???
— É que...
— ???
— Está uma noite linda aqui no Brasil, telefonista de Nova York, e...
— ???
— Em Nova York está nevando? E os lixeiros... estão em greve? Todo o poder aos lixeiros de Nova York!
— ???
— Para eu falar logo que você não pode ficar perdendo tempo? Mas hoje é sábado...
— ???
— Sábado é um dia como outro qualquer? Só se é para você, telefonista de Nova York...
— ???
— Pois todo sábado à noite um *jazz* toca no meu coração, telefonista de Nova York. Juro por Deus e Karl Marx que todo sábado à noite um *jazz* toca no meu coração...

Quando fui Morto em Cuba

— ???

— Eu entendo. Para quem é telefonista em Nova York, sábado é um dia como outro qualquer. Ou até pior. *I am sorry. What is your name*, telefonista de Nova York?

— ???

— Como não pode falar? Quem proíbe um trabalhador de dizer seu próprio nome, telefonista de Nova York? Quem? Ronald Reagan? A ITT? E se seu nome for América?

— ???

— É por isso que eu digo, telefonista de Nova York: todo poder aos lixeiros de Nova York! Marchai para Washington, lixeiros de Nova York! Marchai para a Casa Branca, que o capitalismo está podre e fede mais que o lixo de Nova York, e nem todos os desodorantes da América podem acabar com o mau cheiro do capitalismo! O lixo é o perfume do capitalismo!

— ???

— Bêbado? Você me chamou de bêbado, telefonista de Nova York? Chamou?

— ???

— *Oh, my God!* Você me chama de bêbado e ainda diz que vai desligar? Olha, pode nevar em Nova York, eu entendo, o que eu não entendo é que você permita que neve no seu coração. Por Deus e Karl Marx que você não deve permitir que neve em seu coração, telefonista de Nova York...

— ???

— Uh, lá, lá! Você fala como um Rockfeller ou uma Ford, telefonista de Nova York. Mas você pensa que eu não sei que você é tão fodida quanto eu? Pensa? Pois você, telefonista de Nova York, é tão fodida como eu...

— ???

— Uh, lá, lá. Eu sei que você chegou a Nova York para fazer trampolim. Um trampolim para Hollywood. Então eu não sei?

— ???

— Eu sei que você tingiu seus cabelos de louro e deixou o Sul para ser a nova Marilyn Monroe. Seu sotaque não me engana, eu sei que você é uma moça que veio do Sul, telefonista de Nova York. E quando você estava saindo de casa na Virgínia, carregando a mala, você olhou para trás e viu sua mãe na janela. Sua mãe estava na janela e acenava para você com a mão calejada e áspera. Santo Deus! Como naquela hora você quis ser igual àquela mãe que nunca quis ser Marilyn Monroe!

— ???

— E, em Nova York, toda vez que você dormia com um homem que ia abrir as portas de Hollywood para você e transformar você na nova Marilyn Monroe, Santo Deus, como você se lembrava da sua mãe acenando da janela. Santo Deus, como você queria ser como sua mãe. E você desejava voltar ao Sul...

— ???

— Você dormiu com cem homens, telefonista de Nova York, e nenhum deles abriu a porta de Hollywood para você e nem a transformou na nova Marylin Monroe...

— ???

— Uh, lá, lá. *God save America*. E Deus salve você, telefonista de Nova York. E Deus salve todos os americanos do norte...

— ???

— Se você desligar, telefonista de Nova York, vai se arrepender para o resto da vida. Olha, eu tenho na minha frente uma garrafa de uísque pela metade, um copo de uísque *on the rocks* e um revólver 38. Se você desligar, telefonista de Nova York, por Deus e Karl Marx que eu faço uma roleta-russa. E depois você vai ler a notícia da minha morte no *New York Times*. Você vai ler: brasileiro desesperado faz roleta-russa e morre com um tiro no ouvido por culpa de telefonista de Nova York!

— ???

— Pode me chamar de chantagista internacional, mas hoje só você pode me salvar, telefonista de Nova York...

— ???

— Oh, my God. Você fala que *time is Money*, mas tempo é dinheiro para o patrão. Para mim e para você e para os lixeiros de Nova York, tempo não é dinheiro, tempo nunca foi dinheiro. Você é tão explorada quanto eu e quanto os lixeiros de Nova York, só que não sabe...

— ???

— Red? Você fala como a CIA, mas você não é a CIA. Uh, lá, lá. Você é só uma moça que deixou o Sul querendo ser a nova Marilyn Monroe...

— ???

— Você, os lixeiros de Nova York, as prostitutas de Paris, os operários gregos, os garotos filhos de pais desaparecidos

na Argentina e no Chile e os brasileiros como eu, somos todos irmãos...
— ???
— Nós e todos como nós. Eu proclamo, por Deus e Karl Marx: sonhadores frustrados do mundo, uni-vos! Se nos unirmos, podemos revirar o mundo...
— ???
— *Thank you,* telefonista de Nova York. Do fundo do coração, *thank you.* Eu sei que podem despedi-la porque você está ferindo as normas e eles ainda podem descontar no seu salário o tempo que estamos falando, mas é que hoje é sábado e todo sábado à noite um *jazz* toca no meu coração...
— ???
— Estou parecendo o quê?
— ???
— Um disco estragado? Repetindo tudo como um disco estragado?
— ???
— É que está havendo um feriadão no Brasil...
— ???
— Carnaval? Oh, não. Feriadão, telefonista de Nova York. *Do not you understand?* Emendaram o fim de semana com dois feriados, na segunda-feira e na terça-feira. É mais do que um carnaval, chamam isso de feriadão no Brasil...
— ???
— *Very well,* não. Uma droga, telefonista de Nova York, uma boa droga. É que todo mundo viajou aqui em Belo Horizonte City. Só eu fiquei. E a cidade está deserta,

Quando fui Morto em Cuba

telefonista de Nova York. Já imaginou se todo mundo saísse de Nova York e Nova York ficasse deserta só com os cães e gatos e os bêbados andando pelas ruas?

— ???

— Oh, *yes*, eu tenho um analista, sim, mas meu analista também viajou no feriadão. Os analistas nunca deviam viajar num feriadão, nem deviam tirar férias...

— ???

— Ah, você também tem um analista e seu analista também viaja, telefonista de Nova York?

— ???

— Mas como eu ia dizendo. Onde parei? Acho que estou mesmo bêbado. *Oh, my God*, onde parei? Ah, sim, todos viajaram no feriadão e só eu fiquei aqui em Belo Horizonte City. E eu comecei a achar que também devia ir para uma cidade do interior como os outros foram. *Oh, my God!* Comecei a sentir saudade até das galinhas ciscando as ruas da minha cidade e dos cães passeando nas ruas da minha cidade. Sabe o que é isso, telefonista de Nova York? Sabe o que é você sentir saudade de um cão passeando na rua da sua cidade no Sul? Sabe?

— ???

— *I am sorry*, telefonista. *Oh, my God*...

— ???

— Eu conto: eu estava só no meu apartamento e abri uma garrafa de uísque e comecei a beber, e uma lua crescente e bêbada apareceu no céu, e hoje é sábado, e, que diabo, todo sábado um *jazz* toca no meu coração. E então eu descobri, telefonista de Nova York, por Deus e Karl Marx que eu descobri, que amo louca e perdidamente uma mulher...

— ???

— Por que eu não digo isso a ela? Não digo porque ela não está no Brasil. Oh, my God, ela está viajando pelo mundo, tive notícias dela em Nova York, Moscou, Londres, Roma, Nova Delhi, Bagdá, mesmo em Havana e nas duas Berlins ela esteve, e também esteve em Telaviv. E a última notícia que eu tive diz que, hoje, ela está em Trípoli...

— ???

— Oh, my God. Eu tentei falar direto com Trípoli e não consegui. Disse uma telefonista aqui no Brasil que as ligações com Trípoli estão interrompidas...

— ???

— Tentei também falar com Trípoli via Paris e aí é que eu fiquei mais apavorado...

— ???

— É que a telefonista de Paris disse que todas as ligações de Trípoli com o exterior estavam cortadas por causa da crise da Líbia com os Estados Unidos...

— ???

— Estou com medo que tenha dado a louca no Reagan e que o Reagan tenha mandado jogar uma bomba atômica em Trípoli...

— ???

— Ela é uma moça muito castigada pela vida e é tudo que eu amo na vida, mas eu nunca disse isso a ela...

— ???
— *Oh, my God*. Você já imaginou, telefonista de Nova York, se deu a louca no Reagan e o Reagan mandou jogar uma bomba atômica em Trípoli e a moça que é tudo que eu amo na vida está morta em Trípoli?
— ???
— Está havendo uma festa na Casa Branca? Você jura que viu pela televisão? Jura pela sua mãe de mãos calejadas e ásperas e que ficou no Sul e nunca quis ser uma Marilyn Monroe? Você jura por ela? Jura, telefonista de Nova York?
— ???
— E se for uma festa que Reagan está dando para comemorar o fim do Kadhafi? E se for, telefonista de Nova York?
— ???
— Hoje é aniversário de Nancy Reagan? Você jura por sua mãe que ficou no Sul te acenando da janela que hoje é mesmo aniversário de Nancy Reagan? Jura?
— ???
— Isso é mesmo. Você tem razão. Nem um louco como o Reagan ia jogar uma bomba atômica em Trípoli no dia do aniversário da esposa...
— ???
— É mesmo, seria um estranho bolo de aniversário...
— ???
— Quer dizer que eu posso dormir tranqüilo, que o Reagan não mandou jogar uma bomba atômica em Trípoli?

— ???

— *Thank you,* telefonista de Nova York. *God save America.* E que Deus salve você e todos os americanos do Norte. Você me desculpe, mas é que todo sábado à noite um *jazz* toca no meu coração...

Versões sobre um fuzilamento

1º VERSÃO
(como o homem que fuzilou podia contar)

Eu fico olhando pela mira do fuzil. Ele está cercado. Abraçado na árvore e cercado. Eu limpo a mira do fuzil. Limpo com um pedaço de pano amarelo. Pedaço de pano amarelo que foi de um vestido de mulher. De mulher magra. Agora a mira está limpa. E eu o vejo melhor. Ele tem olho verde. Como meu pai. Você via o olho verde do meu pai e pensava em mar. Mar sujo. Sujo de areia.

Eu começo a gritar. Ele vai morrer e eu começo a gritar. Ele me olha com o olho verde. Olha com o olho verde e escuta um samba no toca-fitas. Abraçado na árvore magra.

Como se não fosse uma árvore magra. Mas uma mulher. Mulher magra e esguia. Ele tira uma garrafa de uísque do bolso da calça. Tira e bebe. Uma vez meu pai me levou para ver um filme com o Randolf Scott. E o Randolf Scott tirava um uísque do bolso da calça e bebia. Meu pai gostava de faroeste. E de Maria Félix. Ele agora guarda a garrafa de uísque no bolso da calça. Toma três goles e guarda. Guarda escutando o samba. Escutando o samba e chamando a árvore magra de Maria. Eu rezo para Santa Genoveva. Rezo e puxo o gatilho do fuzil. Acerto no braço esquerdo dele. E ele se encolhe na árvore. Fica lá encolhido. Como num ombro de mulher. Encolhido, ele lembra um lobo. Lobo magro. Meu pai também lembrava um lobo. Lobo magro. E fugido.

Ele é bom no gatilho. Ele é bom no gatilho e tem uma metralhadora Ina. Mas ele não puxa o gatilho da metralhadora. Conversa com Maria. Sobre carnaval. Com Maria. Eu olho na mira do fuzil. Olho na mira do fuzil e ele está alisando o cabelo de Maria. Eu puxo o gatilho do fuzil. Puxo, rezando para Nossa Senhora Aparecida. Ele desliga o toca-fitas e fica meio caído. No ombro de Maria. Meio caído. Eu grito que ele tem cinco minutos para se entregar. Grito e olho meu relógio. Fica este silêncio. Só as batidas do relógio e este bem-te-vi cantando. Meu pai nunca atirava em bem-te-vi. Achava bonito bem-te-vi cantando. Meu pai era triste. Mas se alegrava ouvindo bem-te-vi cantar.

Eu grito para não se fingir de morto. Morto não escuta samba. Não abraça mulher magra e esguia. Grito para ele jogar a metralhadora no chão. Levantar as mãos. Se ele levantar as mãos eu não o mato. Pelo Menino Jesus de Praga que eu não o mato. Levo preso. Na cadeia, ele vai dormir numa cama estreita. Mas no sonho caberá a mulher magra e esguia. No canto da cama. Maria. No sonho. E quando o preso 76 sonhar em voz alta com a mulher, ele saberá que é sexta-feira. Meu pai também sonhava em voz alta. Falava um nome de mulher. Mas não tinha noite certa. Podia ser numa noite de sábado. Ou de quarta-feira.

Hoje mesmo eu posso levá-lo para a cadeia. Se ele se entregar. Na cadeia, ele vai aprender a amar as pulgas. A amar as baratas. Vai plantar flor numa lata de massa de tomate. Vai conversar com a flor. Conversar com os ratos de noite. Vai seguir telenovela. Ficar querendo que chegue amanhã. Para saber o que acontecerá com Leonor e Rodolfo. Na telenovela. E estará vivo. Quando meu pai morreu, eu pensei que ele estava vivo. "Pai" — eu falei. Passava um avião na hora. E eu fiquei alisando a barba do meu pai. Meu pai morto. E eu alisando a barba do meu pai.

Eu olho meu relógio. Olho meu relógio e depois olho a mira do fuzil. Ele está lá. Abraçado na árvore magra. O samba outra vez tocando no toca-fitas. Dou um sinal com a mão e os outros homens atiram. Atiram abafando o samba. Abafando a voz de Maria. Dou um outro sinal e os cães avançam. Avançam latindo. Eu chego perto. Chego perto e ele está morto. Abraçado com Maria e morto. Morto e me olhando com o olho verde. Eu pego o revólver de cabo de madrepérola que foi do meu pai. Pego zangado.

E vou atirando no olho verde dele. Atirando e rezando para São Domingos Sávio. Meu pai rezava para São Domingos Sávio. Tirava um retrato três por quatro do bolso. Um retrato de mulher. Todo gasto. E ficava olhando. Olhando e rezando para São Domingos Sávio. Agora eu paro de rezar e de atirar no olho verde. Fica um cheiro de sábado no ar. Mas eu sei que hoje é segunda-feira.

2ª VERSÃO
(como a mulher do homem que fuzilou podia contar)

Ele abraçado na árvore. Barba feita. E abraçado na árvore. Imaginando que a árvore é uma mulher. Mulher magra. Magra e esguia. De pele muito fina. Tão fina, que ele faz a barba mesmo no mato. Para não deixar uma flor arranhada no rosto dela. Flor feita com a barba. No rosto de mulher magra. Meu pai fugiu com uma mulher magra. Muito magra. Mas não era magra por vaidade. Era magra de fome. Fome num quarto de pensão. Que é uma fome amarela. Cor de parede.

Ele sabe que vai morrer. Na solidão da mata vai morrer. Escutando um samba de carnaval vai morrer. Meu marido grita no gramofone. Grita e atira. Atira deitado. Atira olhando na mira do fuzil e rezando. Atira rezando para matar o homem que está abraçado com a árvore magra. Achando que a árvore é uma mulher magra. Vendo a mulher magra com seu olho verde. Como se quisesse guardar na lembrança cada coisa dela. Guardar a língua dela passando na boca. Molhando a boca. Dando calafrio. Como febre amarela. Meu pai teve febre amarela. Ficava delirando. Falando o nome da mulher da fome amarela. Meu pai. Agora um bem-te-vi canta. Um bem-te-vi canta e o homem abraçado na árvore magra abaixa o samba no toca-fitas. Abaixa o samba e escuta o bem-te-vi. Escuta como um santo escutando. Minha mãe fazia santos de barro. São Domingos Sávio. São Benedito. São Judas Tadeu. Santo Onofre. Uma vez minha mãe fez um Jesus Cristo do tamanho do meu pai. Com um 1,73 m de altura. E uma cicatriz de operação de vesícula. Como meu pai. Depois minha mãe pregou o Jesus Cristo na cruz. Pregou cantando um samba.

Os tiros espantam o bem-te-vi e meu marido reza. Toca o samba. Mas os tiros abafam o samba. E todos os homens atiram no homem abraçado com a mulher magra e esguia. Meu marido atira rezando. Para o Menino Jesus de Praga. Acabam os tiros e o samba para de tocar. Fica este silêncio. Como o silêncio na casa da minha mãe. Depois que meu pai fugiu com a mulher magra. A da fome amarela. E minha mãe suspirava no silêncio lá de casa. Suspirava e tomava sal de frutas. Minha mãe achava que sal de frutas era bom. Curava azia. E solidão.

O homem que abraça a árvore magra está morto. Morto e abraçado com a árvore magra. Pensando que a árvore magra se chama Maria. Voa uma garça. E um avião passa.

Passa no azul do céu. Azul do céu de fevereiro. Passa do tamanho de uma cruz de gelo. Como gelo derretendo no corpo de gim-tônica. Meu pai bebia gim-tônica no Uruguai. Numa casa que dava uma janela para o Uruguai. E outra janela para o Brasil. Onde entrava o vento do Brasil. Vento cheirando a chuva. Cheirando a carnaval. Cheirando a confete e a serpentina. Aquele vento do Brasil.

Meu marido chega perto do morto. Chega perto do morto e reza. Reza e pensa que o morto não está morto. Meu marido é assim. De noite meu marido fecha a porta da rua. Fecha três vezes. Depois fica virando na cama. Achando que não fechou a porta. Meu pai também era assim. Meu pai deixou como lembrança o barulho da chave na porta da rua. Tirando o sono da minha mãe. Que confundia meu pai com o vento soprando na porta da rua. O vento carregando folha seca. Misturando folha seca com o passo dos ladrões. O passo dos fantasmas. E todo cão uivando era meu pai voltando. Na esperança da minha mãe.

O morto olha com seu olho verde. Olha com seu olho verde e meu marido tira o canivete Solinger do bolso. Tira rezando. E fura o olho verde do morto. Fura rezando. Para São Domingos Sávio. Agora todos cercam o morto. Cercam cantando. Cercam dançando. Como se fosse carnaval. E estouram champanha. Aparecem os fotógrafos. Os cinegrafistas da televisão. E os homens fazem pose para as fotografias com suas armas. Em volta do morto. Com suas armas. Meu marido é aquele com o pé direito em cima do morto. O que derrama champanha no morto. Como se o morto fosse um leão na África. Meu pai tinha olho cor de champanha. No Natal minha mãe bebia champanha. Ficava olhando o champanha na taça. Olhando e pensando no olho do meu pai. Pensando no olho do meu pai e esperando meu pai voltar. Até o último cão uivar, minha mãe esperava.

3ª VERSÃO
(como o homem que foi fuzilado podia contar)

Eu abraçado nesta árvore. Árvore magra. Como você. Maria. Você magra. Como uma árvore magra. A árvore Maria. Eu aqui cercado. E ele lá deitado. Deitado e me olhando pela mira do fuzil. Olhando sem me ver. Vendo ele mesmo. Ele morto num caixão. Sentindo no entanto cheiro de flor. E dor de cabeça. Cheiro de flor provoca dor de cabeça nele. Como provocava em meu pai. Quando a cabeça do meu pai doía, meu pai se fechava num quarto. Um quarto escuro. Onde voavam morcegos. Onde vagavam o fantasma do meu avô e o fantasma da minha tia que morreu doida. E onde La Pasionaria fazia comícios.

Ele fica gritando comigo no gramofone. Eu cercado e ele gritando para eu parar o samba. Gritando e se vendo no caixão. Morto no caixão. Voa uma mosca perto do caixão. A mulher dele espanta a mosca. Espanta com a mão de unhas vermelhas. Vermelhas de esmalte. Esmalte de anteontem. Descascando nas unhas. E a mulher dele chora. Com o olho verde ela chora. Meu pai queria esquecer uma mulher de olho verde. E pôs um prego furando seu pé no sapato. Para doer. E ele não pensar. Na meia branca do meu pai ficava uma flor vermelha. Tremulando no varal. Como uma bandeira. A bandeira vermelha da dor do meu pai.

Eu aumento o samba no toca-fitas. Ele me olha pela mira do fuzil. Olha e vê a mulher dele. Vê sua boca sem batom. E ele fica pensando que não beijou a mulher como devia. Beijou como se beija uma santa. Santa Margarida. Santa Genoveva. Mas não beijou como devia. E ele começa a rezar. Rezar para não pensar na mulher.

Como meu pai. Nos quatro dias de carnaval meu pai rezava. Fechava as portas da casa. Fechava as janelas. Apagava o rádio que tinha um olho mágico verde como olho de mulher. E depois meu pai ficava rezando. Rezando e enfiando pequenas flechas no próprio corpo. Como um São Sebastião. Nos quatro dias de carnaval.

Ele aponta seu fuzil. Olha na mira do fuzil e aponta. Aponta e se vê morto no caixão. Escutando o barulho da terra caindo no caixão. Vendo a mão morena da mulher jogando a primeira pá de terra. Perfumando a terra. Com sua mão morena. De dedos finos. Ele a vê tirando os óculos escuros. Hoje os olhos verdes estão cinzas. Sinal de que pode chover. Quando havia sinal de chuva meu pai olhava a palma da mão. Olhava e ia apagando o M da palma da mão. Apagando a ponta de faca.

Quando fui Morto em Cuba

Eu desligo o samba no toca-fitas. Fica este silêncio na mata. Só as batidas do meu coração. E este bem-te-vi cantando. E ele me olha pela mira do fuzil. Ele limpa a mira com um pedaço de pano. Pedaço de pano amarelo do vestido da mulher. Ele olha na mira. Olha e vê a mulher dele descalça. Vê a mulher descalça e reza uma ave-maria. Meu pai rezava duas ave-marias para o patrão. Uma no almoço. Outra no jantar. Mesmo quando não tinha jantar. E só havia em casa lembranças de carne assada. Misturadas com lembranças da mulher de olho verde. Meu pai era triste. Mas ria das alegrias do patrão.

Ele ainda me olha na mira do fuzil. Olha na mira do fuzil e escuta o cão Rex latir no quintal da casa onde ele mora. Escuta a janela da casa sendo aberta. Escuta o sinteco da casa estalando. Escuta o riso da mulher. Um riso rouco. De pássaro. Então ele atira. Atira de olho fechado. Eu fico abraçado com você, Maria, você magra e esguia. E sinto que vou morrer. Na hora de morrer meu pai delirou com La Pasionaria. Fez um comício de 1º de maio e delirou com La Pasionaria. Depois meu pai pediu para abrir uma janela no quarto. Para a brisa de maio entrar. Com os barulhos de maio.

Ele agora chega perto de mim. Eu estou morto e ele chega perto de mim. Os cães ficam me lambendo. Chegam os outros homens. Chegam, e ele fica olhando meu olho verde. Mas não é meu olho verde que ele vê. Ele vê é o olho verde da mulher. Ela nua num quarto escuro. E olhando com o olho verde de gata. A pupila dilatada. Sintoma de um novo amor. Ele pega a metralhadora Ina. Pega e dispara no meu olho verde. Dispara rezando. Eu estou morto. Morrendo, meu pai perguntou se eu sabia algum hino. Eu disse que sabia. E ele me pediu para cantar. Eu fiquei cantando um hino e meu pai morrendo. Morrendo e vendo uma mulher de olho verde. Chamando a mulher de olho verde de Maria. E achando que estava havendo uma festa no Brasil. Com o povo cantando. Cantando na rua. Como agora. Fica parecendo que hoje é 1º de maio. Mas eu sei que hoje é segunda-feira de carnaval. Eu sei.

Carta ao Santo Papa

Hospício de Barbacena, 28 de abril de 1981.

Ao Santo Papa:

Eu pecadora, Ana Maria Pier Angeli, italiana até a raiz do meu coração, atriz, signo de Virgem, idade que eu mesma já esqueci (mas meu coração é jovem), temente a Deus e aos ratos e pulgas e baratas e piolhos e percevejos do hospício e temente também aos morcegos do hospício que de noite se transformam na alma penada do Conde Drácula, mando este *help* a Sua Santidade porque fui vítima de um complô liderado por minha própria mãe, com o

apoio do Papa Pio XII (que Deus o queime no fogo do inferno), e estou há 25 longos anos internada como louca aqui no hospício de Barbacena, onde tudo é amarelo, as paredes, os muros, tudo é amarelo, e mesmo a lua é amarela como uma lua de hepatite, e se não fosse a proteção do Menino Jesus de Praga eu já tinha colocado um ponto-final nesta minha existência, porque quando chega o verão no Brasil e as andorinhas estão de volta e começam a voar no pavilhão do hospício e eu peço às andorinhas notícias de Roma e elas dizem que bela que Roma está, eu sinto quanta festa eu tenho guardada no meu coração, quanta valsa que eu não dancei e quanto foguete que eu tinha para soltar e não soltei, e eu olho em volta e só vejo as paredes amarelas do hospício e, para não enlouquecer, eu fico gritando comigo mesma:
Sede a canção do mundo!
Sede a canção do mundo!
Sede a canção do mundo!

Aqui no hospício, Santo Papa, quem também me traz notícias de Roma é o vento, porque o vento é como a classe operária, o vento é internacional, e toda pátria é a pátria do vento, e o vento que varre as ruas de Roma é o mesmo vento que varre Nova York e que varre Moscou, e o vento que assovia nos telhados de Varsóvia é o mesmo vento que assovia nas duas Berlins e é o mesmo vento que aqui no hospício de Barbacena fica assoviando "A Marsellesa", anunciando que o meu dia de glória chegou, e eu sei que

não podem matar o vento, não podem dar voz de prisão ao vento, não podem proibir o vento de visitar os loucos do hospício de Barbacena, porque o vento é um cidadão livre, e o vento me traz notícias de Roma e me traz os cheiros de Roma, que são os meus perfumes, e fica falando baixinho comigo: "Ana Maria Pier Angeli, sua mãe manda te dizer que te dá a liberdade em troca de uma declaração sua, de próprio punho, renegando seu amor por James Dean", e se meu coração vacila e quer ceder, Santo Papa, porque às vezes me dá vontade de tomar sorvete de baunilha em Roma, eu fico gritando com ele:
Sede a paixão do mundo!
Sede a paixão do mundo!
Sede a paixão do mundo!

Releve as minhas divagações, Santo Papa, afinal, o fim desta, na verdade, é dar ciência a Sua Santidade que eu sou a verdadeira atriz Ana Maria Pier Angeli e que me encontro recolhida no hospício de Barbacena, no interior de Minas Gerais, no Brasil, onde Franco Basaglia (que Deus o tenha no paraíso) me visitou, aqui estou em razão do meu amor, que eu recusei trair, pelo ator James Dean, flor da minha vida, o qual James Dean se suicidou, pois o que houve com o meu pobre Jimmy não foi um acidente automobilístico, mas um suicídio, porque ele acreditou que eu, Ana Maria Pier Angeli, o desprezava em favor de Marcello Mastroiani, sendo que o que ocorreu realmente, Santo Papa, como são testemunhas Sofia Loren, Claudia

Cardinale e Elza Martinelli, foi que minha mãe, aconselhada pelo Papa Pio XII, procurou a minha dublê que me substituía nas cenas mais perigosas e mais chocantes dos meus filmes e que se parecia tanto comigo, que eu olhava e tinha a sensação de estar me vendo no espelho, minha mãe pagou a minha dublê com a glória de ser Ana Maria Pier Angeli e a convenceu a procurar o meu adorado James Dean e dizer a ele, como se ela fosse eu, que tudo entre nós não tinha passado de um fogo de palha e que eu amava era Marcello Mastroiani, e só de lembrar, Santo Papa, eu fico gritando com o meu coração:
Sede o incêndio do mundo!
Sede o incêndio do mundo!
Sede o incêndio do mundo!

Devo ainda lembrar, Santo Papa, que quando os jornais italianos abriram manchete para registrar meu romance com James Dean, minha mãe tomou o primeiro avião de Roma para Hollywood, onde então eu me encontrava, em Hollywood minha mãe trancou-me num quarto e disse que, em respeito à cidade santa de Roma, onde vim ao mundo, eu devia romper toda e qualquer ligação com James Dean, que minha mãe disse que era a encarnação do Diabo, o símbolo da juventude transviada, e na hora, Santo Papa, como sabia Vittorio De Sicca (que Deus o guarde no paraíso), eu disse à minha mãe que James Dean era a vida da minha vida, o reflorir do meu olhar, então minha mãe, já com o plano engendrado por sugestões

do Papa Pio XII (que Deus mais uma vez o queime no inferno), se valeu da fraqueza da minha dublê e disse à minha dublê que, se ela de fato desiludisse James Dean, ela passaria a ser a verdadeira Ana Maria Pier Angeli, com todas as glórias e fortunas de uma estrela do cinema e com todo amor que uma mãe dá a uma filha. Depois, Santo Papa, minha mãe levou-me à força para Roma, dizendo a todos que eu era minha dublê, enquanto anunciava ao mundo que minha dublê era eu e tinha ficado em Hollywood, e minha mãe alcovitou com o embaixador do Brasil na Itália e conseguiu me enviar para o hospício de Barbacena, onde fui internada com o falso nome de Francesca Gentilli, e se eu grito aqui no hospício que meu nome é Ana Maria Pier Angeli aparece o enfermeiro Joe Louis e me dá uma agulhada com uma injeção e eu fico quatro dias e quatro noites ganindo de dor como uma cadela e me arrastando como uma cadela e esperando a morte como uma cadela e sinto tudo perdido, e aí eu começo a gritar comigo:
    Sede a luz do mundo!
    Sede a luz do mundo!
    Sede a luz do mundo!

O que mais me assusta, Santo Papa, é que aqui no hospício de Barbacena eles têm o costume, quando chega o inverno, de dar o Chá da Meia-Noite aos doentes mais antigos, aqueles cujas famílias ficam só esperando a boa nova de que morreram. O Chá da Meia-Noite é um chá quente e reconforta, porque aqui em Barbacena é um gelo, mas é um chá com rum e um veneno estranho, o rum embriaga e o veneno alegra, e quem bebe o Chá da Meia-Noite morre feliz, como Maria, a Louca, que morreu dançando "Danúbio Azul", e agora eu suspeito de que o inverno está chegando, Santo Papa, sinto na minha pele os primeiros arrepios e as andorinhas já estão se preparando para voar para Roma, vejo nos olhos das andorinhas a alegria de quem vai partir para uma cidade amada, e o enfermeiro Joe Louis já começa a me preparar para a morte. Ele me procurou e disse: "Pier Angeli, eu sou Deus", e ele disse, Santo Papa, que já tem uma passagem reservada para mim com destino ao céu e falou que no céu todos ficam dançando valsa, e eu tenho uma valsa dançando no meu coração, e, oh, eu quero dançar, eu quero dançar, eu quero dançar, mas eu tenho medo, eu tenho medo, eu tenho medo, então salva-me, Santo Papa, que Sua Santidade me tire deste inferno.

Depositando a minha vida em Vossas Santas Mãos, despeço-me, com um abraço.

Ana Maria Pier Angeli.

P.S.: — Meu coração está capitulando, mas eu grito com ele:
Sede a esperança do mundo!
Sede a esperança do mundo!
Sede a esperança do mundo!

INTERVALO

Para Armando Nogueira
e João Saldanha

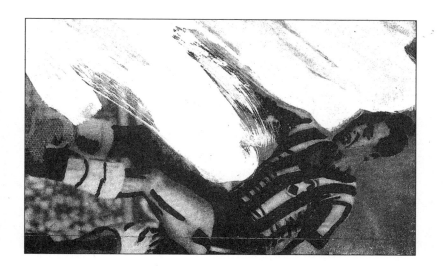

Últimos instantes do grande Heleno de Freitas no hospício de Barbacena
(segundo a narrativa de um louco, feita no estilo de um locutor esportivo transmitindo um jogo de futebol)

Muito boa-tarde, amigos ouvintes do Oiapoque ao Chuí: sob a bandeira de Nossa Senhora Aparecida, a minha, a sua, a nossa padroeira e de todos quantos tiveram a ventura de nascer neste solo amado e idolatrado do Brasiiil, passamos a falar, neste exato momento, diretamente do hospício de Barbacena, para a narração, que se anuncia sen-sa-cio-nal!!!, em todas as suas minúcias, dos últimos e derradeiros instantes de vida do grande Heleno de Freitas, o deus dos estádios, que deslumbrou as plateias do mundo envergando, entre outras, a gloriosa jaqueta do Botafogo de Futebol e Regatas, o time da estrela solitária, sem esquecermos, amáveis ouvintes da cadeia verde e amarela, que cobre o Brasil de Norte a Sul, que os tempos se passarão e o locutor que vos fala jamais conseguirá olvidar a presença do grande Heleno de Freitas comandando o ataque da gloriosa seleção canarinho do Brasil, formando um quinteto ofensivo para todo o sempre inesquecível e que só o recordar faz este vosso criado sentir um arrepio percorrer-lhe a pele, e eu pediria que todos, de Norte a Sul do nosso idolatrado Brasiiiiil, ficassem de joelhos, em reverência, pois que este amigo de vocês vai nomear aquele grande ataque canarinho do Brasiiiiill: Te-sou-rii-nha! Ziziiinho! Heleeeeeeeno de Freitas! Jairrrrrrrr! E Ademirrrrrr Menezes!

Momentos de grande expectativa aqui no hospício de Barbacena, estimados ouvintes: o tempo é bom para a prática da morte! Céu plúmbeo em Barbacena, a Cidade das Rosas, cai uma chuva fininha, mesmo porque, torcedor tricampeão do mundo, morte que se preza exige um céu plúmbeo e uma chuva fininha como esta, que molha a alma, ouvinte amigo. Multidões de todo o Brasiiil acorrem a Barbacena: são um misto de torcedores e romeiros que chegam em caravanas de todo o território brasileiro, pois todos esperam que hoje, no jogo do adeus, o grande Heleno de Freitas, envergando a gloriosa camisa vermelha do hospício de Barbacena Futebol Clube, faça o tão anunciado e aguardado Gol da Felicidade, que mudará os destinos do nosso amado Brasiiiil. Das bocas sai, uníssono, um grito:

— Queremos Heleno de Freitas! Queremos Heleno de Freitas!

É a merecida reverência ao grande Heleno de Freitas, aquele que as bocas machistas dos estádios brasileiros chamavam de Gilda! Gilda! Gilda! Mas manda a verdade que eu vos diga, torcedor amigo, que as torcidas rivais do Botafogo, o meu, o seu, o nosso favorito, jamais souberam suportar o fato in-con-tes-tá-vel!!! de que o grande Heleno de Freitas era uma reedição física de Rodolfo Valentino e de Rita Hayworth, belo como um deus do Olimpo, e, assim, amigos ouvintes da cadeia verde e amarela, os despeitados chamavam o grande Heleno de Freitas pelo epíteto de Gilda.

Eis que cresce ner-vo-sa-mente a expectativa em Barbacena. Não fosse este vosso criado achar que faltaria com o respeito ao grande Heleno de Freitas, eu vos diria que Barbacena vive momentos de festa, numa grande quermesse, estimados ouvintes que ganharam, como eu, a sorte grande na Loteria de Deus, que é a de termos todos nascido neste amado Brasiiiiiiiiilllllll, o Colosso do Atlântico. A multidão cresce e espalha-se pelas praças e ruas de Barbacena, desafiando a chuva que insiste em cair finiiinha como a nos lembrar dos mortos mui queridos. E este vosso locutor gostaria de nomear alguns mortos que continuam vivos no território do meu coração:

— Alô, alô, Ernesto Che Guevara, que deve estar nos ouvindo neste momento: estou enviando, através do grande Heleno de Freitas, um santo e miraculoso remédio para a sua asma, que, segundo eu soube, anda incomodando sobremaneira o caro amigo nas lutas guerrilheiras no céu.

— Alô, alô, Maria Lúcia Petit, guerrilheira do Araguaia: receba, através do grande Heleno de Freitas, além do meu mais caloroso e saudoso amplexo, esta fotografia de um banco de praça onde você esteve sentada em Belo Horizonte.

— Alô, Alô, Roque Dalton, poeta de El Salvador, morto como guerrilheiro: estou fazendo chegar às suas mãos, através do grande Heleno de Freitas, um doce de abacaxi que você nunca pôde comer no Brasil.

— Alô, alô, Ângela Diniz: aqui tudo bem, só a saudade é que é muita, estou mandando, pelas mãos do grande Heleno de Freitas, esta geleia de mocotó, que você vai adorar, e também uma couve mineira para você matar as saudades.

— Alô, alô, Glauber Rocha: diga a Marilyn Monroe que eu não me esqueci do sorvete de morango, que aí chegará pelas mãos do grande Heleno de Freitas, a metade é sua, a outra metade é dela.

— Alô, alô, John Garfield, alô grande John Garfield, talvez a maior vítima do macartismo nos Estados Unidos: acaba de ser criado, no hospício de Barbacena, o Fã Clube John Garfield...

Mas, estimados ouvintes, voltemos aos acontecimentos: há uma verdadeira legião de vendedores de pipoca, vendedores de refrigerantes, de cachorro-quente e churrasquinho em toda Barbacena. Barracas armadas nas praças e ruas, torcedor amigo, vendem camisas com a efígie do grande Heleno de Freitas, bem como retratinhos do deus das cabeçadas, que lembram retratinhos de santo. E são vendidas as bolas de futebol marca Heleno de Freitas, as chuteiras Heleno de Freitas, os calções Heleno de Freitas, a loção de barba Heleno de Freitas, a lâmina de barbear Heleno de Freitas e os bonés com a efígie do grande Heleno de Freitas, concomitantemente estão sendo lançados, em todo o Brasiiiil, o xampu Gilda, o sabonete Heleno de Freitas, o automóvel Gilda, o pneu Heleno de Freitas, etc., etc. E começa a ter grande divulgação a "Oração ao Grande Heleno de Freitas, o santo da felicidade", que se inicia e-xa-ta-men-te assim:

"Grande Heleno de Freitas
Santo do coração louco
do desvairado olhar:
a felicidade nos dai hoje
para que a possamos sentir
não só nos gritos de gol,
dai-nos, santo do hospício,
a felicidade
para beber no café da manhã
para mastigar no almoço
se confundir com um bife
no jantar,
e aparecer como sonho real no nosso sono,
mate a nossa fome de felicidade
santo da estrela solitária,
pássaro da eterna juventude..."

É o merecido culto ao grande Heleno de Freitas, que quando *center-forward* do Boca Junior de Buenos Aires, levou Evita Perón, a santa argentina que repousa eternamente no coração portenho, a interromper a partida, depois de um mo-nu-men-tal!!! gol do deus das cabeçadas, exatamente para festejar o grande Heleno de Freitas e, respeitosamente, diante dos olhos de Perón, o presidente eterno dos argentinos, a santa Evita osculou ligeiramente, como a brisa de Buenos Aires osculando, a face do goleador Heleno de Freitas.

Mas, ouvintes da cadeia verde e amarela, aqui está, a meu lado, o grande Heleno de Freitas, e, sem mais delongas, passo a entrevistar o deus dos estádios, num gentil oferecimento da cerveja Anita, a loura que mata a sua sede.

— Grande Heleno de Freitas, responda aos milhões de ouvintes da cadeia verde e amarela espalhados de Norte a Sul do Brasiiiiillll: Você tem medo da morte, grande Heleno de Freitas?

(Ouve-se uma voz rouca, a voz de Heleno de Freitas, como nos grandes tempos):

— Em absoluto. Eu digo: venha, ó doce morte, porque eu sei que a morte é uma atriz de cinema...

— E aí está, ouvintes, a sen-sa-ci-o-nal revelação do deus dos estádios, segundo o qual a morte é uma atriz de cinema. Mas diga, grande Heleno de Freitas, como é essa misteriosa mulher, que se disfarça de morte? Ela não se veste de negro, não carrega a célebre foice?

(Voz rouca de Heleno de Freitas):
— Tudo isso é invenção dos ricos. Para manterem seus privilégios e continuarem a explorar o sangue e o suor dos pobres deste mundo, os ricos inventam essas lendas...
— Seja mais claro, grande Heleno de Freitas: explicite tudo para os ouvintes ávidos do Brasil...
(A voz de Heleno de Freitas, mais rouca):
— Os ricos sempre procuraram encher a cabeça e o coração dos pobres de todos os medos. O medo do lobisomem é invenção dos ricos. O medo do comunismo ateu e anticristão é invenção dos ricos. E eu digo que o medo da morte é também invenção dos ricos para que os pobres fiquem sempre de joelhos diante dos ricos...
— E a morte se parece com quem, grande Heleno de Freitas?
— Ela é linda como a Rita Hayworth na época do filme Gilda...
— E diga, Heleno de Freitas, diga mais, num gentil oferecimento da cerveja Anita, a loura que mata a sua sede...
— Tenho a dizer aos brasileiros que a morte é a amante mais desejada: ela não se veste de negro, veste-se de vermelho, com purpurina...
E atenção, Brasiiiiil!!! Coração na mão, Brasiiilll! Vai ter início a contenda: trila o apito Sua Excelência, o árbitro Mário Vianna, com dois enes, saída para a gloriosa equipe do hospício de Barbacena. Vibra a multidão, eis que o grande Heleno de Freitas recebe a pelota e parte para o ataque. Lá vai ele, ave grande Heleno de Freitas, a

esperança do povo do Brasil está convosco, santificado seja o vosso nome, lá vai o grande Heleno de Freitas, passa de passagem por Zico, torcedor tricampeão do mundo, lá vai ele, rubro é o seu coração e rubra é sua camisa, desvencilha-se es-pe-ta-cu-larrr-men-te de Cerezo, Telê nervooooso no túnel arranca os cabelos, lá vai o grande Heleno de Freitas, evita Sócrates, deixa Falcão in-tei-ra-men-te abobalhado, vibra a galera, verdadeiro carnaval do grande Heleno de Freitas, mas é desarmado por Luizinho, este estende a Éder na ponta esquerda, mas corta sen-sa-ci-o-nal-men-te Napoleão Bonaparte para a equipe do hospício de Barbacena, balão de couro voa como um pássaro sem asas no céu cinza de Barbacena, quando continua a cair uma chuva finiiinha que, no entanto, não afeta a boa prática do esporte bretão, o arqueiro Valdir Peres grita para Júnior dar combate ao ponta Jesus Cristo, que deriva para a direita, cantai verdes gramas do Brasiiil, cantai porque o grande Heleno de Freitas está de volta, ele que trata a bola como se a bola fosse a mulher amada, idolatrada, salve, salve, ele que só tem carícias para a bola, Jesus Cristo dança na frente de Júnior, passa por Júnior, Luizinho dava-lhe combate, melhor para Jesus Cristo, a bola é como uma garça branca no ar, eis que o grande Heleno de Freitas mata a pelota no peito, desvencilha-se de Oscar, passa também por Luizinho, e vai driblando: dribla a fome brasileira, dribla a solidão brasileira, dribla a mortalidade infantil brasileira, e vai evoluindo, lá vai ele, o grande Heleno de Freitas, como um raio vermelho rumo ao gol, é o gol da felicidade que está pintando, torcedor amigo, lá vai Heleno de Freitas, dribla o salário mínimo dos trabalhadores do Brasil, deixa o desemprego de quatro na grama, dribla a concentração de riqueza nas mãos dos ricos, passa pela miséria dos trabalhadores das fazendas do Brasiiil, dribla a desesperança dos índios, vence Falcão, vence Cerezo, o ópio do povo vem em socorro de Cerezo, é driblado, vem o latifúndio, dá combate ao grande Heleno de Freitas, é um duelo sen-sa-ci-o-nal, vantagem para o grande Heleno de Freitas, é o Gol da Felicidade, brasileiros, evolui o deus dos estádios perseguido pela propriedade privada, passa es-pe-ta-cu-lar-men-te por ela, indivíduo competente, esse Heleno de Freitas, mil é a camisa dele, lá vai ele, é perseguido pelo analfabetismo, pelo medo do comunismo, pela alienação do povo brasileiro, lá vai Heleno de Freitas, é o seu canto de cisne, estimados ouvintes. Telê está desesperado, agora a especulação imobiliária atropela Heleno de Freitas, mas ele escapa e prossegue, delírio da torcida, grita a galera: "Heleno! Heleno!", lá vai ele, o doce pássaro da juventude, é perseguido pelas multinacionais, pelo medo de mudança da classe média brasileira, mas passa por todos, está frente a frente com o goleiro Valdir Peres, é derrubado pelo conformismo do povo brasileiro, mas leva vantagem e vai chutar: chuta Heleno de Freitas e é gooooooooollllllllllll: o goooollllllll da felicidaaaaaaaade, fica decretada a felicidade no Brasiiiiiiillll, estimados ouvintes, agora teremos a reforma agrária, teremos a reforma urbana, teremos a divisão dos lucros das empresas nacionais e multinacionais com os trabalhadores do Brasil, teremos um governo do povo e para o povo, mas é i-na-cre-di-tá-vel, torcedor tricampeão do mundo: Sua Excelência, o juiz Mário Vianna, com dois enes, invalida o Gol da Felicidade, grande confusão no gramado, o grande Heleno de Freitas discute com o juiz, a torcida invade o campo, minha Nossa Senhora Aparecida, eu não sei o que será, um pelotão de soldados armados de metralhadoras adentra o gramado, total confusão, gritos, tiros, balas passam rrrrassssspaaaaando na cabeça do locutor que vos fala, a torcida atira pedras nos soldados, os soldados respondem com saraivadas de metralhadoras, e lá no centro dos acontecimentos, discutindo com o dedo em riste, dando cusparadas no comandante em chefe dos soldados, como nos seus melhores tempos no glorioso Botafogo, o grande Heleno de Freitas é o alvo de um soldado que faz mira e aponta com um revólver: lá está ele, amigos ouvintes, o soldado, que se chama José e deve ser filho de Maria, e, dos pertences que tem na vida, seu único bem é esse seu corpo mulato e subnutrido, que ainda sente uma fome nordestina, e atenção: o soldado José vai puxar o gatilho, puxou, e a bala sai rrrassssspando em cabeças, ombros, corações, e se aloja no peito do grande Heleno de Freitas: o grande Heleno de Freitas tomba sangrando e suas últimas palavras são:

— Ainda não é desta vez, Brasil, que a felicidade vai chegar para os brasileiros...

SEGUNDO TEMPO

Por falar na caça às mulheres
(o que foi escrito nos muros com grafite, *spray* e sangue)

Juliana: Sérgio te ama!
(13/12/70)

Juliana: você é a vida de Sérgio!
(17/12/70)

Feliz Natal, Juliana! Votos de Sérgio.
(24/12/70)

Devo mendigar um olhar, Juliana?
(26/12/70)

Ah, Juliana!
(29/12/70)

Feliz 1971, Juliana! De todo coração, Sérgio.
(30/12/70)

Para que tanto orgulho, Juliana, se você é pó, e pó se tornará?
(07/01/71)

Pelo menos um olhar, Juliana!
(09/01/71)

Juliana: não vá para Cabo Frio!
(11/01/71)

Cabo Frio dá câncer!
(12/01/71, na parte da manhã)

Está dando meningite em Cabo Frio!
(12/01/71, na parte da tarde)

Não vá, Juliana!
(13/01/71)

Volte de Cabo Frio, Juliana!
(15/01/71)

Sem Juliana, Belo Horizonte é um cemitério!
(17/01/71)

Brasil, capital Juliana!
(19/01/71)

Ju: 15 dias em Cabo Frio é demais!
(30/01/71)

Seja bem-vinda a Belo Horizonte, Juliana!
(25/02/71)

Pelo menos responda ao meu bom-dia, Juliana!
(26/02/71)

Juliana: você voltou mais linda de Cabo Frio!
(28/02/71)

Um sorriso, pelo menos, Juliana.
(05/03/71)

Ju: você é o ar que Sérgio respira!
(17/03/71)

Ju: sem você, Sérgio prefere a morte!
(21/03/71, escrito a sangue)

Pense no que está fazendo, Juliana!
(25/03/71, outra vez a sangue)

Ju tem o prazo de dez dias para namorar Sérgio!
(01/04/71)

Se em dez dias Ju não namorar Sérgio, ele dá um tiro no ouvido!
(03/04/71)

Faltam nove dias para Sérgio dar um tiro no ouvido!
(15/04/71)

Faltam oito dias para Sérgio dar um tiro no ouvido!
(16/04/71)

Faltam sete dias para Sérgio dar um tiro no ouvido!
(17/04/71)

Faltam seis dias para Sérgio dar um tiro no ouvido!
(18/04/71)

Faltam cinco dias para Sérgio dar um tiro no ouvido!
(19/04/71)

Faltam quatro dias para Sérgio dar um tiro no ouvido!
(20/04/71, pela manhã)

Juliana: você não tem coração?
(20/04/71, de tarde, escrito a sangue)

Faltam três dias para Sérgio dar um tiro no ouvido!
(21/04/71, de manhã)

Sérgio já comprou o revólver!
(21/04/71, de tarde)

Faltam dois dias para Sérgio dar um tiro no ouvido!
(22/04/71)

Falta um dia para Sérgio dar um tiro no ouvido!
(23/04/71, pela manhã)

Depois, não diga que eu não avisei, Juliana!
(23/04/71, à tarde)

É hoje, Juliana!
(24/04/71)

Obrigado, Ju, por salvar a vida de Sérgio!
(25/04/71)

Sérgio e Ju estão in *love*.
(26/04/71)

Sérgio e Ju se amam *very much*!
(27/04/71)

Sérgio e Ju juram eterno amor!
(09/05/71)

Ju é a alma gêmea de Serjão!
(11/05/71)

Serjão fará Ju feliz por toda a vida!
(15/05/71)

(De uma coluna social,
no ano de 1973)

Praza aos céus que este colunista possa ver, ainda nesta bendita e festiva década de 1970, que assinala o "Milagre Brasileiro", uma outra cerimônia tão tocante e tão inesquecível. Saibam todos que a Basílica de Nossa Senhora de Lourdes, régia e lindamente decorada em flores amarelas do campo, foi pequena para caber a verdadeira multidão que se espremeu e se acotovelou em todos os recantos da nave, para assistir ao Casamento do Ano, que uniu pelos sagrados laços do matrimônio dois troncos muito queridos da Tradicional Família Mineira. Refiro-me, vocês já devem saber, ao enlace de Juliana Montenegro, a bela Ju, do clã dos Montenegro, pioneiros da industrialização de Minas, e do jovem empresário e desportista Sérgio Avelar, o Serjão, do clã dos Avelar, pioneiros da fase heroica dos bancos mineiros.

Em meio a empurrões, corres-corres e até mesmo a alguns desmaios, a bela Ju (que, diga-se de passagem, é um lançamento desta coluna, eleita que foi, com todos os merecimentos, *Glamour Girl* na promoção deste colunista) chegou à igreja com o atraso de 47 minutos, um recorde, mesmo em se tratando de noivas retardatárias. Aliás, enquanto a bela Ju não chegava, o jovem noivo, Serjão (que é como ele é conhecido nas rodas desportivas), já se postava no altar e exibia, muito orgulhoso, um telegrama de parabéns enviado pelo presidente Médici e dona Scila. E Serjão recordava para os amigos, entre risos (mas sem deixar de olhar para a porta de entrada da nave), que conquistou o coração da bela Ju, logo depois que ela foi eleita *Glamour Girl*, quando ele, Serjão, era membro do Clube dos Gaviões, utilizando-se de um expediente *sui generis*: escrevia mensagens dirigidas a Ju em todos os muros das vizinhanças do palacete dos Montenegro (que, por sinal, ocupa todo um quarteirão).

Quando, enfim, dissipados os temores e os diz que diz sobre o atraso da Noiva do Ano, eis que a bela Ju chegou na limusine negra (que seu próprio pai, o banqueiro-industrial Juracy Montenegro, fez questão de dirigir), e no momento em que ela desceu da limusine houve um "oh!" de exclamação geral entre a multidão postada diante da Basílica de Lourdes e a multidão não se conteve: aplaudiu. E com toda razão, pois Juliana Campos Montenegro era a própria imagem da beleza e, visivelmente emocionada, parecia prestes a chorar, o que mais realçava a beleza de seu rosto (que o colunista Ibraim Sued elegeu como o mais belo de todo o Brasil).

A muito custo, cercada por agentes de segurança em boa hora contratados, a bela Juliana Montenegro desvencilhou-se da multidão e adentrou a nave da Basílica de Lourdes pelo braço do emocionado pai, o banqueiro Juracy Montenegro (impecável na sua elegância britânica). Nesse exato momento, o Madrigal Renascentista regido pelo maestro Isaac Karabtschewsky (que veio do Rio especialmente) começou a cantar "Va Pensiero", de Verdi, tendo como solista a sublime Maria Lúcia Godoy. Então, a Basílica de Nossa Senhora de Lourdes como que flutuou, e era tal a beleza do quadro, que os presentes (incluindo vários banqueiros amigos do casal Montenegro) não puderam conter as lágrimas. Não era para menos. Afinal, Juliana Montenegro estava linda de morrer, com um penteado simplesmente maravilhoso assinado pelo cabeleireiro Lauro Ribeiro (que cuida de sua linda cabecinha desde que Ju tinha 12 anos) e uma *coiffure* da internacional Many Catão. E, ademais, quando o Madrigal Renascentista pôs-se a cantar "Va Pensiero" e a voz maviosa de Maria Lúcia Godoy pairou na nave, mais parecia tratar-se (talvez pela própria música "Va Pensiero", escolhida pela noiva) de uma cerimônia ligada aos destinos da pátria...

Quando fui Morto em Cuba

(o que foi escrito nos mesmos muros,
com grafite, *spray*, sangue e piche,
de 1973 em diante, enquanto Ju
e Sérgio pareciam felizes.)

— Abaixo a ditadura!
— Fora Médici!
— Viva a Guerrilha do Araguaia!
— Ouçam a Rádio Tirana.
— Médici assassino!
— Abaixo a tortura!
— O que foi feito do nosso hipódromo?
— Prestigie a Calourada de Medicina!
— Queremos Telê no Atlético!
— Abaixo Iustrich no Atlético!
— Pílulas de Lussen ainda resolvem!
— Anule seu voto!
— Vote em branco contra a farsa eleitoral!
— Liquidação é nas Casas Pernambucanas!
— Queremos nosso hipódromo já!
— Viva a maconha!
— LSD!
— Prestigie o Rei do Pão de Queijo!
— Julieta está dando!
— Maurinho é bicha!
— MDB!
— Rock concerto domingo! Campo do Cruzeiro!

— I Love The Who!
— Voltem Beatles!
— Vamos viajar, gente!
— Viva a cocaína!
— Viva Chico Buarque!
— Chega de generais!
— Abaixo a ditadura!
— Fora Geisel!
— Poder para os civis!
— AI-5 é nazismo!
— Abaixo o AI-5!
— Abaixo a tortura!
— Herzog: teu sacrifício não será em vão!
— Viva Manoel Fiel!
— MDB: você sabe por quê!
— Vote contra a ditadura! Vote MDB!
— Tome Hepatovis!
— Anistia!
— Queremos anistia já!
— Anistia ampla, geral e irrestrita!
— Abaixo o AI-5!
— Abaixo as multinacionais!
— Chega de generais!
— Queremos eleições diretas!
— Fora Figueiredo!
— Viva o cheiro de povo!
— O ABC é o Brasil!
— Todo apoio à greve do ABC!

Quando fui Morto em Cuba

— Viva Lula!
— Greve geral amanhã!
— Anistia ampla, geral e irrestrita!
— E os mortos? Quem vai anistiar os mortos?
— Responda Figueiredo: quem vai anistiar os mortos?
— Sejam bem-vindos, exilados!
— Viva a UNE!
— Bem-vindo Brizola!
— Viva o Cavaleiro da Esperança!
— Arraes fala amanhã: Faculdade de Direito!
— Viva o ABC!
— João Amazonas fala amanhã: Sindicato dos Gráficos.
— Fora militares!
— Abaixo a repressão!
— Viva a greve das professoras!
— Viva a greve do ABC!
— Segunda-feira: greve da Fiat!
— Amanhã: greve da Belgo!
— Viva os operários da Volks!
— Todo apoio à greve dos enfermeiros!
— Segunda-feira: greve geral da construção civil!
— Viva os peões em greve!
— Cadeia para os assassinos de operários!
— Viva a greve dos lixeiros e garis!
— Terça-feira: greve dos médicos residentes!
— Legalidade para o PCB!
— Todo poder à classe operária!
— Simone canta amanhã no DCE!

— Cadeia para o terror!
— Quem jogou a bomba no Riocentro? Até as crianças sabem!
— Cadeia para os terroristas do Riocentro!
— Liberdade!
— Chega de pacote!
— Viva o Gay Power!
— Abaixo a inflação!
— Fora Delfim!
— Queremos liberdade!
— Chega de militares!
— Viva os civis!
— Liberdade!

(da página de polícia dos jornais num dia qualquer da década de 1980)

Com três tiros de revólver disparados à queima-roupa, o empresário e desportista Sérgio Avelar matou sua bela mulher Juliana Campos Montenegro Avelar, mais conhecida como Ju, integrante da lista de "Dez Mais" e considerada a dona do rosto mais bonito do Brasil pelo colunista Ibraim Sued. O crime, que envolve duas das mais ricas e conceituadas famílias mineiras, ocorreu na mansão do casal no Alto das Mangabeiras, a apenas alguns quarteirões do palácio residencial do governador Francelino Pereira. O empresário Sérgio Avelar, o Serjão da seleção

mineira de vôlei na fase de maior glória, desapareceu após o crime. Toda a cena foi presenciada pela menina Andréa, de quatro anos, única filha do casal, que gritava:
— Papai, não mata minha mãe!
Segundo a doméstica Marli de Jesus, que trabalha com o casal desde o casamento, o crime foi precedido de violenta discussão, tendo, a certa altura, a *ex-Glamour Gil* Juliana Campos Montenegro Avelar gritado:
— Atire logo!

(ainda dos jornais, nos dias seguintes)

Enquanto o empresário Sérgio Avelar continua em destino ignorado (suspeita-se de que esteja numa clínica de repouso ou num sítio) e seu advogado Lins Bernardes informa que o assassino está preso de forte depressão nervosa, mas se apresentará às autoridades tão logo o médico que o assiste ache conveniente, a doméstica Marli de Jesus depôs ontem sobre o crime de que foi vítima sua patroa Juliana Montenegro, a bela Ju, e disse que, ultimamente, o casal discutia por um nada.
— Eles brigavam o dia inteiro, e dona Juliana, coitada, não tinha paz nem para assistir às telenovelas, o que ela tanto gostava...
Disse ainda Marli de Jesus que o empresário Sérgio Avelar nutria fortes ciúmes da bela Juliana que, segundo a

doméstica, era uma pessoa muito alegre, comunicativa com todos, razão por que era adorada por ela, Marli, mais as duas domésticas Neide e Conceição e pelo caseiro Sebastião Francisco do Nascimento, o Chico Caseiro. Revelou também Marli de Jesus que as discussões do casal se acirraram depois que a bela Juliana resolveu trabalhar, abrindo a Ju Butique, no bairro da Savassi...

(quatro dias depois, nos jornais)

Em novo depoimento sobre o rumoroso crime que teve como vítima a bela Ju, a doméstica Marli de Jesus revelou na Delegacia de Homicídios, na tarde de ontem, que era frequente o empresário Sérgio Avelar, bêbado e com uma pinça na mão, interrogar e torturar a menina Andréa, única filha do casal, para saber se a esposa, a bela Ju, tinha conversado com outro homem.

— Muitas vezes — contou Marli de Jesus —, o empresário Sérgio torturava tanto Andréa com a pinça, que levava a pobrezinha a inventar uma história que comprometia sua mãe...

(certo dia nos jornais)

Barbado, óculos escuros, jeans azul, mais parecia um galã de telenovela. Foi assim que o empresário Sérgio Avelar, o Serjão da seleção brasileira de vôlei de 71, que assassinou a esposa Juliana Campos Montenegro Avelar, a bela Ju, com três tiros à queima-roupa, compareceu na tarde de ontem para depor na Delegacia de Homicídios. Ele foi recebido na porta da delegacia aos gritos de "Lindo! Lindo!", por moças que portavam cartazes com os dizeres "Viva Serjão!", enquanto as feministas carregavam cartazes onde estava escrito "Quem ama não mata!" e ficavam em silêncio.

Pelo menos uma vez o milionário Sérgio Avelar acenou para as fãs, tendo dado três autógrafos, mas, tão logo o delegado Raul Resende, o doutor Kojac, lhe perguntou se confessava a autoria da morte de sua esposa Juliana Campos Montenegro Avelar, o empresário chorou copiosa e convulsivamente, repetindo seguidamente:

— Deus sabe por que matei, Deus sabe...

Ao começar seu depoimento, os olhos vermelhos de chorar, o empresário Sérgio Avelar declarou que, nos primeiros anos de casado, viveu num verdadeiro paraíso com a esposa Juliana. Viviam, segundo sua expressão, uma eterna lua de mel, realizando, de seis em seis meses, viagens ao exterior, tendo percorrido não apenas os Estados Unidos, como toda a Europa e até mesmo a Rússia, pois estiveram em Moscou e Leningrado. Como prêmio a tanta felicidade, nasceu uma filha, que recebeu o nome de Andréa. Mas, quando Andréa completou três anos (isso há um ano, exatamente), o empresário começou a notar uma súbita mudança no comportamento da bela Juliana, que, segundo ele, se ligou a artistas, escritores e homossexuais, tendo se associado a conhecido travesti da cidade, contra sua vontade, para a abertura de uma butique de roupas, a Ju Butique.

Inconformado, o empresário Sérgio Avelar tentou levar a bela Ju a mudar de ideia, argumentando que ela devia viver para o lar e para a filha, que precisava dela, no que não foi atendido. Disse ainda o empresário que a bela Ju chamou-o de machista, usando uma expressão naturalmente aprendida com as novas amizades, quando ele disse que ela não precisava trabalhar e lhe ofereceu um carro Mercedes verde, zerinho, em troca do fechamento da butique, proposta que a bela Ju recusou com veemência.

— Nesse dia — contou o empresário Sérgio Avelar em seu depoimento —, ela não me deixou dormir na mesma cama, como fazíamos desde casados...

Outro ponto de discórdia entre o casal era o fato de a bela Ju gostar muito de telenovelas, que o empresário Sérgio Avelar considera nocivas à moral, subversivas e desagregadoras de lares. Lembrou que, durante a novela *Água Viva*, de Gilberto Braga, a bela Ju não conseguia disfarçar o entusiasmo quando aparecia no vídeo o personagem Nélson, vivida pelo ator Reginaldo Farias. A princípio, logo nos primeiros capítulos de *Água Viva*, o empresário Sérgio Avelar julgou que seria uma atração passageira. Mas, com o evoluir da novela, a bela Ju se mostrava mais e mais empolgada com Nélson, ou seja, com o ator Reginaldo Farias, o que gerou acaloradas discussões entre o casal. Conforme chegou a confessar em seu depoimento, o empresário Sérgio Avelar (usando expressões textuais suas) "respirou aliviado quando terminou a novela *Água Viva*". E mais aliviado ficou porque, na novela seguinte, *Coração Alado*, de Janete Clair, que a TV Globo apresentou, o ator Reginaldo Farias, o Nélson de *Água Viva*, não desempenhou nenhum papel.

Foi o bastante, por sinal, para a bela Ju pouco se interessar por *Coração Alado*, chegando a hostilizar o ator principal, Tarcísio Meira, chamando-o de canastrão, o que provocava sucessivas discussões, pois o empresário Sérgio Avelar defendia Tarcísio Meira, classificando-o de excelente ator, ao mesmo tempo em que dizia:

— Canastrão é o tal de Reginaldo Farias!

Mas, logo, as discussões cessaram, uma vez que a bela Ju se desinteressou por completo pela novela *Coração Alado*. A paz do casal, no entanto, durou pouco, pois acabada *Coração Alado*, eis que a Rede Globo lançou nova novela das oito, *Baila Comigo*, de Manoel Carlos, com o ator Reginaldo Farias vivendo o papel do médico homeopata Saulo. Foi o bastante para que a bela Ju voltasse a se interessar por novelas, sendo que deixava a butique mais cedo, e, após mergulhos na piscina da mansão do casal, os cabelos sexymente molhados e vestida de maneira provocante (algumas vezes de biquíni), postava-se diante da televisão e não podia esconder o interesse quando o personagem vivido por Reginaldo Farias surgia em cena.

Por mais de uma vez, conforme revelou em seu depoimento, o empresário Sérgio Avelar chegou a conversar com a bela Ju, admoestando-a (a expressão é dele) pelas atitudes inconvenientes e provocantes com o ator Reginaldo Farias, chegando até a proibi-la, sem sucesso, de assistir a *Baila Comigo*. Nessas condições a bela Ju dizia:

— Você ficou louco!

Disse o empresário, já no fim de seu depoimento, que na noite que antecedeu à madrugada do crime, teve sério desentendimento com a bela Ju, por causa do ator Reginaldo Farias, já que a ex-*Glamour Girl*, após nadar na piscina da mansão e com um copo de uísque na mão, foi assistir à novela *Baila Comigo*, numa atitude provocante, inteiramente nua, apenas enrolada numa saída de praia. Nessa ocasião, não resistindo, o empresário Sérgio Avelar, sabendo-se traído em pensamento pela esposa, deu um tiro de revólver no aparelho de televisão quando aparecia o ator Reginaldo Farias. Já de madrugada, com os nervos muito abalados, o empresário Sérgio Avelar ainda tentou uma reconciliação com a bela Ju, que o afastou, dizendo:

— Você atirou no homem que eu amo!

Diante disso, o empresário Sérgio Avelar não se conteve, e em nome de sua honra ferida disparou três tiros à queima-roupa, que atingiram mortalmente a bela Ju...

(o que nem os muros nem os jornais contaram: o delírio da bela Juliana Montenegro na hora da morte)

No primeiro tiro, sentiu saudade de San Francisco, na Califórnia, mas nunca tinha estado lá, e caiu de joelhos com

o primeiro tiro vendo uma imensa rua de uma zona boêmia só com mulheres índias, que estavam bêbadas e vestidas e cantavam um rock.
Thank you, very well
thank you, senhores do Brasil.
Nós somos as mulheres índias do Brasil
peritas em *strip-tease*
recebemos em dólar
em libra
em franco
e em cruzeiro.
Thank you, very well
ladies and gentleman
thank you
for the sífilis
thank you
for the gonorreia crônica
thank you (nunca nos esqueceremos)
pela tuberculose
e a lepra
e o sarampo
oh, yeah, thank you, very well
senhores proprietários do Brasil.

No segundo tiro, quis comer outra vez uma ceia que nunca comeu na Cidade do México, e quis se levantar, achando que tudo era um sonho, e outra vez caiu de joelhos. Viu milhares de participantes de um congresso nacional de moças de *trottoir* do Brasil, era ao longo do calçadão da Avenida Atlântica, no Rio de Janeiro, e as participantes tinham de 9 a 23 anos. Havia uma alegria fabricada à custa de bebida e maconha, e as moças do *trottoir* estavam vestidas de virgens, todas de branco, e cantavam um *rock*:

Thank you, very well
thank you, donos do Brasil.
Nós somos as moças do *trottoir*
alegramos velhos decrépitos
por qualquer vintém
fazemos os gringos
subirem à parede
por uma migalha de dólar
fingimos estar gozando
mas na hora
no escuro dos quartos
enxergamos nossos pais
que nos chamam de putas
e têm medo do comunismo
ateu e anticristão
e se ajoelham
nos pés dos donos do Brasil.
Oh, *thank you, very well*
qualquer lixo
da sociedade de consumo nos serve
somos as moças do *trottoir*
famintas de um pedaço de pão
e carne

e
chegamos em casa
cheirando a gringos e
a velhos decrépitos
Oh, *thank you, very well
thank you
for the* prostituição
que é de todo o corpo
e até do coração.
No terceiro tiro, dançou um tango que nunca dançou em Buenos Aires e quis andar de bicicleta, porque achava que era imortal, e flutuou como uma asa-delta ou uma garça sobre o estádio do Maracanã lotado de lebres e panteras e coelhinhas e eguinhas e poldrinhas (o que é isto? Não encontrei) e era época da temporada de caça às mulheres do Brasil e elas cantavam:
*Thank you, very well
thank you,* homens do Brasil.
Hoje não somos
as suas coelhinhas
venham nos comer
se vocês forem homens
não somos as lebres
venham nos caçar
se vocês forem homens
não somos as panteras do Brasil
venham nos amar
se vocês são homens

não somos nem as poldrinhas
nem as eguinhas
nem as Amélias do Brasil
hoje somos
uma rebelião
que começa entre as pernas
e
acaba no coração...
No quarto tiro, bom, não houve quarto tiro: ela já estava morta, mas julgava-se viva e ouvia a voz de Amélia, a do samba, falando:

— Pior, Ju, não é a morte no gatilho, pior é quando nos matam e nos deixam com a sensação de que estamos vivas e que somos vacas parideiras; pior, Ju, é essa morte com tiros silenciosos e que transforma nosso coração num pássaro empalhado que já não canta...

Os elefantes se alimentam de flores

Nunca na pequena cidade de G... ninguém soube ao certo quem ele era. Mas, depois de sua morte, de que os jornais do Brasil tanto falaram, todos em G... o descreviam como um homem que se alimentava de flores. Talvez por isso, ainda que esse ponto jamais tenha ficado totalmente esclarecido, é que, passados alguns dias de sua chegada a G..., ele começou a emagrecer e seus ternos, antes tão bem talhados, ficaram largos nele e inflavam ao vento de julho, como se pertencessem a outra pessoa.

Quando chegou a G..., sem deixar pista se veio de ônibus, de carro, na boleia dos caminhões que transportavam gado ou num Cessna que sobrevoou a cidade como um pássaro extraviado de rabo vermelho, ele foi direto à pensão da dona Loló. Quem o atendeu foi a própria dona Loló: não, ela não era ainda Lola, a Bailarina, cujo *striptease* no cabaré Bagdá ia tirar o sono de G..., ela era apenas uma jovem viúva solitária, temente a Deus e à alma penada de seu finado marido, tinha dado voz de prisão a seu próprio coração e prendeu o corpo em roupas que camuflavam todos seus encantos. Quando a dona Loló viu o homem de 54 anos, usando terno e gravata como se fosse para um casamento, e respirou seu perfume, acreditou que estava na frente de um Jesus Cristo disfarçado ou do Demônio. O estranho deu boa-tarde à dona Loló, pôs a mala grande no chão da sala da pensão, olhou-a com uns olhos claros, abriu uma maleta negra dessas de James Bond, tirou lá de dentro notas de mil, ainda estalando, e disse que ia pagar adiantado 60 dias de hospedagem.

— E se o senhor não ficar os 60 dias? — perguntou a dona Loló.

— Não se preocupe — ele respondeu —, vou ficar os 60 dias...

Dona Loló guardou as notas perfumadas, entregou a chave do quarto 17 ao estranho, e respirando o perfume pensava que o estranho devia ter andado por Paris, Nova York (ah, Nova York), Veneza, Madri, Londres. E se ele fosse o homem da maleta negra? Podia também ser um falsificador de notas de mil, um assaltante de um banco ou, mesmo, quem é que sabe?, um fugitivo político que

não confiava na anistia, e resolveu se esconder em G..., que ficava mesmo no fim do mundo.
— Mas como pode, meu São Benedito? — perguntava-se a dona Loló, já de roupa trocada, indecisa se ia à igreja em busca do padre Tarcísio ou se ia à delegacia dar parte do estranho. — Como pode um perigoso assaltante ou um subversivo usar um perfume tão gostoso?
As suspeitas de dona Loló aumentaram quando ela pôs os pés na porta da sala de visitas da casa paroquial. Enquanto caminhou para lá, Lola, a Bailarina, que era a sua metade proibida, começou a tentá-la, e a pobre dona Loló chegou à casa paroquial disposta a cair de joelhos diante do padre Tarcísio. Mas quem a dona Loló viu sentado, lado a lado com o padre Tarcísio? Era exatamente o homem da maleta negra, a quem a dona Loló pegou em flagrante abrindo a maleta e tirando de lá um pacote daquelas notas de mil perfumadas, que o até então o santo padre Tarcísio (ele ainda não tinha deixado a igreja para se casar) recebia com um sorriso cúmplice.
— Valei-me, São Benedito — disse em voz baixa a dona Loló, fazendo meia-volta. — Será que o padre Tarcísio está metido numa conspiração?
Para se recobrar do susto, dona Loló entrou na igreja matriz de G... e rezou três pai-nossos, cinco ave-marias, uma salve-rainha. Mais tarde, julgando-se orientada por São Benedito, decidiu ir à delegacia contar tudo ao capitão Duarte, o delegado. O capitão Duarte ainda não tinha enlouquecido, não tinha ainda soltado todos os presos da

cadeia enquanto cantava "Liberdade, abre as asas sobre nós", não tinha ainda entrado num barco a motor e desaparecido no Rio Doce. A dona Loló entrou na delegacia, certa, no entanto, que ia dizer:

— Capitão, eu sou Lola, a Bailarina, vim me entregar à prisão...

Mas, ao entrar na delegacia, dona Loló viu o estranho abrir a maleta preta, pegar um pacote das notas perfumadas e entregar ao delegado.

— Meu São Benedito — pensou dona Loló —, a conspiração é muito mais grave...

Dali em diante, e seria assim nos 60 dias que ele viveu em G..., dona Loló seguiu os passos do estranho. Ela o vigiava pelo buraco da fechadura, quando ele se recolhia ao quarto, e o surpreendia deitado na cama, sem tirar os sapatos negros, olhando a fotografia de uma mulher nua, uma moça morena que devia ter a metade da idade dele. Ele ficava muito tempo com aquela fotografia na mão e, às vezes, sorria. Mas, quando olhava uma outra fotografia, de uma menina de uns 13 ou 14 anos, dona Loló via uma lágrima deixar o olho dele — e dona Loló também queria chorar, como chorava nos filmes, nas telenovelas e nos sermões do padre Tarcísio. Já de noite, antes de se deitar, o estranho (que dizia chamar-se doutor Guilherme) só olhava a fotografia da moça nua. Depois de olhar, dona Loló não conseguia dormir, deitava, rezava o terço, mas Lola, a Bailarina, em que um dia ela iria se transformar, para escândalo da cidade G..., libertava seu coração, e, livre de prisões, ensaiava um *striptease* no seu quarto de viúva. Depois, pedia a São Benedito:

— Prenda a minha alma pecadora...

Naqueles dias, de todos os estranhos encontros do doutor Guilherme, houve um que deixou dona Loló sem dormir duas noites seguidas: foi quando ele, furtivamente, na sonolência das duas da tarde, entrou na casa funerária do velho Leandro. Por uma greta da janela, de onde olhou, dona Loló viu o doutor Guilherme experimentar um caixão, o mais bonito da funerária, depois abriu a maleta preta estilo James Bond, tirou notas de mil novas e perfumadas e pagou ao velho Leandro.

— Meu São Benedito! — pensou dona Loló. — É mesmo coisa do demônio...

Os dias se passavam, muito azuis, naquele mês de julho, e o doutor Guilherme ficava mais velho e magro, pelos cálculos da dona Loló, tinha perdido 20 quilos e envelhecido outro tanto. Até que chegou uma noite de lua cheia. Então, o doutor Guilherme reuniu os amigos que tinha feito em G... para um jantar na churrascaria à beira do rio. Quando a lua flutuou sobre as cabeças de todos e a quinta ou sexta garrafa de uísque estava no fim, doutor Guilherme pôs-se a falar dos elefantes que viu na África.

— Eles alimentavam-se de flores — disse o doutor Guilherme — e andavam sempre em bando, mas quando um deles pressentia a chegada da morte, afastava-se dos companheiros e ia morrer longe e só...

Durante algum tempo, bebendo devagar seu uísque, doutor Guilherme exaltou a coragem dos elefantes africanos que se alimentavam de flores.

— Eu aprendi mais sobre a bravura e a dignidade humana com os elefantes da África do que com os próprios homens — disse o doutor Guilherme. — Hoje, meus heróis preferidos são os elefantes africanos...

Nesse ponto, doutor Guilherme olhou a lua, e dona Loló, uma das convidadas do jantar, acreditou que ele fosse chorar, talvez pensando na moça nua da fotografia.

— Um brinde aos elefantes africanos — disse o doutor Guilherme, esquecendo a lua. — À coragem dos elefantes africanos, ao enfrentarem a morte! — e ele ficou de pé e todos também ficaram de pé.

Na manhã seguinte, o doutor Guilherme acordou bem cedo: fazia 58 dias que ele estava em G... e, com a maleta de James Bond, deixou a pensão de dona Loló e saiu pela rua. Ia andando, no sol frio de julho, como um condenado que caminha para o muro de fuzilamento; pássaros cantavam dentro dele, velhas canções choravam dentro dele, e dona Loló, que o seguia, jamais podia imaginar que ele repetia baixinho, quase numa oração:

— Elefante africano, dá-me coragem...

Num bar nas Alegrias, que era a zona boêmia, onde dona Loló viu o doutor Guilherme entrar, estava o jagunço Salu, com seu imenso bigode, tinha tantos fios como as mortes na tocaia no Vale do Rio Doce, todas feitas por Salu, sempre a mando de alguém e em troca de dinheiro.

Não, o jagunço Salu ainda não sofria da vista, ainda não errava seus alvos como um castigo de Santa Luzia, por ter matado uma mulher de nome Luzia, e que diziam que era a própria santa. Salu ainda não imaginava que ia ficar cego e desempregado, abandonado pelos que o contratavam para tocaias, e vendo tudo negro e confundindo o barulho das galinhas voando para os galhos das árvores com almas penadas. Não, o jagunço ficava ali nas Alegrias, entre uma tocaia e outra, pensando na pele branca e sempre perfumada da mulher conhecida como Filhinha, ficava bebendo ali naquele bar, onde dona Loló viu o doutor Guilherme entrar, conversar, até sorrir e abrir a maleta de James Bond e tirar as notas de mil perfumadas e entregá-las ao jagunço Salu.

— Proteja-me, meu São Benedito! — murmurou, como se rezasse, dona Loló. — Ele está contratando o jagunço Salu para tocaiar alguém...

Dois dias depois, fez a mais bonita manhã do mês de julho em G... Fazia 60 dias que o doutor Guilherme tinha chegado a G..., e dona Loló o viu seguir para a beira do rio, perto da praia onde moços e rapazes nadavam no verão, e onde havia umas flores amarelas.

— Meu São Benedito — pensava dona Loló enquanto o seguia. — Como ele está magro e velho. Será câncer?

Dona Loló escondeu-se atrás de uma árvore na beira do rio e viu o doutor Guilherme deixar a maleta de James Bond no chão. Depois, doutor Guilherme apanhou flores amarelas e as comeu como os elefantes da África. Não demorou muito e, de uma árvore ali perto, o jagunço Salu apontou sua espingarda na direção do doutor Guilherme: não, desta vez, o jagunço Salu não estava vestido de mulher para se disfarçar, não, estava com a roupa de homem, a de sempre, e usava seu chapéu de couro. Dona Loló pensou em gritar, mas ouviu um tiro, um único tiro, e o doutor Guilherme caiu de costas. Quando dona Loló se aproximou do corpo, o doutor Guilherme estava morto, com um tiro no coração, mas ela jurava que ele sorria e tinha uma flor amarela saindo da boca como um elefante africano que se alimenta de flores.

Folhas 5, 6, 7 e 8 de um inquérito envolvendo São Francisco

Que na mencionada manhã que antecedeu os delituosos acontecimentos, o declarante tossiu sangue na fronha branca do travesseiro;

Que a citada fronha branca do travesseiro guardava ainda o perfume usado pela bela Eva, também indiciada no presente inquérito, não sabendo o declarante qual a exata marca do citado perfume, suspeitando, contudo, tratar-se de Vivara, de fabricação francesa, porém adquirido através de contumaz contrabandista;

Que o declarante suspeita, também, do perfume Vivre, igualmente de origem francesa, não tendo, no entanto, provas maiores que possam incriminá-lo na preferência da indiciada Eva;

Que o declarante confessa, de livre e espontânea vontade, sem qualquer espécie de coação física ou mental, e sob pena de incorrer em falta grave, que o sangue assumiu a suspeita forma de uma flor vermelha na fronha do travesseiro;

Que, dada a confusão mental que se apossou do declarante à visão do sangue na fronha do mencionado travesseiro branco, o réu, digo, o declarante, não pode precisar ao certo se a flor vermelha na fronha assumiu a forma de uma rosa vermelha ou de um cravo vermelho;

Que, em resposta a uma pergunta da digníssima autoridade que preside o presente inquérito, o declarante optou por declarar que o sangue na fronha do travesseiro mais se assemelhava a uma rosa vermelha, ficando assim afastada toda e qualquer suspeita de envolvimento do cravo vermelho na trama que mais tarde iria suceder;

Que, entrementes, o declarante, ao ver a rosa de sangue na fronha do assaz citado travesseiro, deu um salto da cama em que pernoitou sozinho, perseguido pela lembrança da indigitada Eva, e acorreu ao espelho do banheiro, onde uma tarde, a ré, digo, a indiciada Eva, se penteou;

Que a lembrança da bela Eva, se penteando e após retocando a maquiagem olhando-se no mencionado espelho do banheiro, levou o declarante, ato contínuo, a se acalmar, tendo declarado, a uma indagação da digníssima autoridade que preside este inquérito, que a bela Eva é uma dessas mulheres que sabem ser amantes e enfermeiras, o que, dada a personalidade hipocondríaca do declarante, o mesmo tornou-se dependente da mencionada criatura, digo, indiciada;

Que, por volta das quatorze horas e quinze minutos do mesmo delituoso dia, já mais calmo, o declarante adentrou, em companhia da bela Eva, o consultório do doutor Benjamim de Oliveira Pires, especialista em doenças pulmonares com cursos na Suíça e nos Estados Unidos e indiciado como cúmplice na trama diabólica que teve São Francisco como principal envolvido;

Que, até aquele presente momento, reinava absoluta calma em todo território nacional;

Que uma secretária morena, e não ruiva, como o declarante foi coagido a declarar no depoimento anterior, levou o declarante até a sala em que o esperava o mencionado doutor Benjamim Pires, tendo a indiciada Eva ficado à espera na antessala, sentada numa cadeira, folheando uma velha revista;

Que o declarante não tem elementos para informar de que revista se tratava;

Que não suspeita de nenhuma revista em especial;

Que o declarante retira a denúncia que fez nos depoimentos anteriores de que havia um pôster de Ernesto Che Guevara na parede do doutor Benjamim Pires, uma vez que sofreu coações físicas e mentais para fazer semelhante denúncia, sendo que o que havia na mencionada parede do consultório, além de certificados dos cursos que o indiciado doutor Benjamim fez na Suíça e nos Estados Unidos, era uma gravura, gentileza do Laboratório Pfeizzer, mostrando um velho médico operando uma mulher;

Que o indiciado doutor Benjamim Pires, no visível propósito de acalmar o declarante, e não na intenção de doutriná-lo, como o declarante foi coagido a declarar nos depoimentos anteriores, mandou o declarante sentar-se numa cadeira e pôs-se a conversar amenidades;

Que em nenhum momento o assaz mencionado doutor Benjamin fez a apologia das ideias de São Francisco;

Que, ao que sabe o declarante, o doutor Benjamim é devoto de São Bartolomeu;

Que o declarante nada sabe que possa incriminar São Bartolomeu;

Que, decorridos aproximadamente dez minutos, o doutor Benjamin Pires passou a examinar o declarante, mandando-o respirar fundo, auscultando-o em seguida, e perguntando "Dói aqui?", "E aqui?", e pedindo por fim que o declarante repetisse três vezes o número 33;

Que, em seguida, o doutor Benjamin Pires mandou que o declarante abrisse a boca e examinou sua garganta com o auxílio de uma lanterna *made in Japan*, adquirida pelo citado doutor Benjamin numa visita a Tóquio e não por intermédio de contrabando ilícito, conforme o declarante confessa que foi obrigado a declarar no seu depoimento de número sete;

Que o doutor Benjamin Pires disse ao declarante, após apagar a lanterna: "Está tudo OK com você, meu rapaz...".

Que, recorda-se o declarante, ter o já mencionado doutor Benjamin Pires dito textualmente que, apenas para desencargo de consciência, ia solicitar que o declarante fizesse uma abreugrafia, tendo na mesma hora aconselhado o declarante a se dirigir à esplanada que ficava próxima à confluência das avenidas Brasil e Estados Unidos, que seria o palco dos delituosos acontecimentos, e tirar a citada abreugrafia num pavilhão de vidro no centro da esplanada;

Que, em chegando à mencionada esplanada por volta das quinze e quinze da citada tarde dos graves acontecimentos, em companhia da indiciada Eva, e após estacionar o carro na Avenida Brasil, o declarante e a ré, digo, indiciada, se dirigiam a pé ao pavilhão de vidro da esplanada;

Que nada, na mencionada esplanada, despertava suspeitas até aquela presente hora;

Que chamou a atenção do declarante e da indiciada Eva a beleza do pavilhão de vidro, que mais lembrava uma nave espacial pousando suavemente no chão ou mesmo um palácio de Brasília, em contraste com a pobreza e simplicidade dos homens, mulheres e crianças que estavam em pé, nas duas longas filas para a abreugrafia;

Que, recorda-se o declarante, ter entrado na fila da direita, e não na fila da esquerda, como foi coagido a declarar nos depoimentos anteriores;

Que a bela e suspeita Eva postou-se na mesma fila ao lado do declarante;

Que todos ali tossiam, levando o declarante a pensar que estava havendo um campeonato nacional de tosses;

Que, dada a tensão em que o declarante se encontrava, conquanto a bela Eva o tranquilizasse com sua presença, o declarante começou a imaginar um locutor esportivo narrando aquele campeonato nacional de tosse, com o intuito exclusivo de se acalmar;

Que uma moça de verde usando sandálias tipo havaianas liderava o campeonato nacional de tosses;

Que, em dado momento, uma onda de tosses e empurrões carregou o declarante, tendo a tiracolo a bela Eva, para dentro do pavilhão de vidro do ambulatório; e, cessados os empurrões, o declarante teve a atenção chamada para um velho, que parecia São Francisco;

Que a indiciada Eva, ao ver o mencionado velho, não se conteve e gritou: "É São Francisco!";

Que o declarante não sabe se, influenciado pelo comentário da mencionada Eva, também acreditou tratar-se mesmo de São Francisco, não só pela aparência, como pelo traje e a sandália;

Que, solicitado pela digníssima autoridade que preside o presente inquérito a reconhecer, entre gravuras, imagens e pinturas, o indivíduo que se tornou o centro dos delituosos acontecimentos no pavilhão de vidro, o declarante não tem dúvida em afirmar que se tratava mesmo de São Francisco;

Que, na delituosa tarde, logo após ser reconhecido, São Francisco passou a abençoar a todos e pôs-se a falar textualmente, como se recorda o declarante: "Vim ao Brasil para matar a sede de justiça e a fome de terra do povo de Deus";

Que São Francisco falava em português com forte sotaque italiano e não, com forte sotaque espanhol, como o declarante disse, sob ameaças, em depoimentos anteriores;

Que, em dada hora, o declarante viu entrando no pavilhão de vidro repórteres de rádios, jornais e da televisão, sendo que o repórter que portava um microfone sem fio anunciou: "E atenção, muita atenção, ouvintes do Oiapoque ao Chuí: num sen-sa-ci-o-nal furo de reportagem, vou entrevistar São Francisco, em pessoa!";

Que o declarante não é capaz de reconhecer o mencionado repórter, nem os demais, conforme solicita a autoridade, devido à confusão reinante no local naquela hora;

Que o citado repórter perguntou a São Francisco se ele estava distribuindo o Rio São Francisco aos pobres do Brasil, ao que o santo, digo, o réu, confirmou que sim, acrescentando: "Estou distribuindo as águas e as terras situadas a até 50 quilômetros de cada margem do Rio São Francisco, desde sua nascente, na Serra da Canastra, em Minas Gerais, até onde ele deságua no oceano Atlântico...".

Que, ato contínuo, o mencionado repórter pôs-se a conclamar o povo a comparecer ao pavilhão de vidro para receber das mãos de São Francisco os títulos de propriedade da terra nas margens do rio santo;

Que ao declarante pareceu que a multidão aumentava no pavilhão de vidro como uma cheia no Rio São Francisco, sendo que a dita multidão ajoelhava-se diante de

São Francisco, chorando, cantando, rezando, enquanto se sucediam também os gritos de "O rio é nosso! O rio é nosso!";

Que, entrementes, enquanto se estabelecia verdadeiro caos, o declarante ouviu explosões, e a cada explosão as paredes de vidro do pavilhão tremiam como tremem as janelas de vidro na hora de um relâmpago;

Que, todavia, o tempo era bom, não ameaçava chuva;

Que, tendo aumentado as explosões, as paredes de vidro foram se despedaçando e o pavilhão ficou nu como um esqueleto de prédio em construção;

Que estabeleceu-se verdadeiro tumulto e que, na confusão reinante, em meio às explosões, o réu São Francisco tomou o caminho da esplanada, seguido pelo declarante, e pela indiciada Eva;

Que, na referida esplanada, os relâmpagos continuavam, em meio ao pânico, havendo dezenas de pessoas caídas no chão, umas deitadas como se mortas ou desmaiadas, não sabendo o declarante precisar ao certo, outras ajoelhadas como se rezassem e muitas sangrando nas faces e nos demais membros do corpo humano;

Que não é verdade que São Francisco repetiu aos que estavam ajoelhados a frase "Mais vale morrer de pé, do que viver de joelhos", da militante comunista Dolores Ibarruri, vulgo La Pasionaria, espanhola, domiciliada em Madri, em endereço não sabido;

Que o alvo central do presente inquérito, o indigitado São Francisco, saiu andando pela esplanada, saltando aqueles corpos caídos no chão e apenas conclamava o povo a se levantar e a segui-lo;

Que recorda-se o declarante que o indigitado São Francisco era à prova de bala, uma vez que os tiros o atravessaram, não lhe fazendo qualquer mal, como se o mesmo fosse de nuvem, razão por que os que nele atiravam depunham suas armas e se ajoelhavam a seus pés, beijando-lhe as mãos;

Que o declarante sofreu toda sorte de coações para afirmar, nos depoimentos anteriores, que São Francisco conclamou a multidão a invadir a terra nas margens do Rio São Francisco e a criar a República Livre do São Francisco, separando-a do resto do Brasil;

Que o declarante não sabe qual o verdadeiro paradeiro de São Francisco, após os sangrentos conflitos da esplanada, uma vez que perdeu de vista o mencionado santo, digo, réu, quando a bela Eva foi ferida por uma rajada de metralhadora;

Que a bela Eva morreu nos braços do declarante, portanto, não continuava viva, conforme disse, sob coação, nos demais depoimentos;

Que o declarante recorda-se que a última frase da bela Eva antes de morrer, dita após um sorriso, foi: "Que desperdício: morrer numa tarde tão linda...";

Nada mais disse nem lhe foi perguntado, em consequência, eu, o escrivão, que este datilografei, assino e dou fé.

Sessão das Quatro

1

Eram três e trinta e cinco da tarde e a velha de óculos debruçou na janela que dava para a praça. Todos os dias, à exceção dos domingos, ela ficava na janela vendo os casais que se beijavam dentro dos carros e nos bancos da praça.

— Está quase na hora da Sessão das Quatro — disse a velha de óculos à irmã paralítica, e olhou para a praça. — Hoje é sexta-feira, é o melhor dia...

2

A velha de óculos era viúva e morava com a irmã paralítica na casa, um sobrado velho. A irmã estava paralítica há 29 anos, sem sair da cama, e a velha de óculos lhe contava tudo que acontecia na praça e que ela via da janela.

3
— Alguma novidade no *front*, Ciana? — perguntou a velha paralítica.

— Geninha, ainda é cedo — respondeu a velha de óculos. Quando, por qualquer razão (chuva, frio, etc.), os casais desapareciam da praça, a velha de óculos inventava cenas eróticas e as contava para distrair a irmã paralítica.

— Calma, Geninha — falou a velha de óculos. — Alguma coisa está me dizendo que a Sessão das Quatro de hoje vai ser sen-sa-ci-o-nal...

4
Às três e quarenta da tarde, uma mulher num Volks azul contornou a praça lentamente: usava uma minissaia de dois palmos e era tão bela, que a velha de óculos pensou numa atriz de cinema ou de telenovela ao vê-la.

— Será que ela volta? — disse em voz alta a velha de óculos.

— Ela quem, Ciana? Quando digo que você está caducando, você emburrece, mas tenho razão — falou a velha paralítica. — Ela quem, Ciana?

— Uma mulher num Volks azul — disse a velha de óculos. — Linda como a Greta Garbo...

5
Se a velha de óculos entrasse no Volks azul (que ela perdeu de vista) ia notar que a mulher de minissaia nada tinha

de Greta Garbo: mais exatamente, lembrava um animal selvagem, não domesticado, e tinha cabelos fulvos.

6
Às três e quarenta e três da tarde, quando o Volks azul tomava uma rua à direita da janela da velha de óculos, uma perua parou debaixo de um pé de manga junto à praça.
Havia quatro homens armados de metralhadoras dentro da perua.
Dali, de onde estão, os quatro homens da perua têm uma visão completa da praça.

7
— Minha Santa Luzia, que proteja a minha visão! — disse a velha de óculos.
— Pelas sete chagas, Ciana, fala logo! — disse a velha paralítica.
— Que Santa Luzia não me falhe! — seguiu a velha de óculos, olhando para o alto, as mãos postas, como se rezasse. — Pelo jeito, Geninha, vamos ter uma sessão de faroeste — e ela contou o que via à irmã paralítica.

8
Três e quarenta e quatro da tarde: a velha de óculos está olhando da janela. Naquela hora, além da perua com os quatro homens armados, não há nenhum outro veículo na praça.

A praça ocupa seis quarteirões e tem jardins floridos e caramanchões e bancos. A velha gostava das palmeiras e, da sua janela, via também o quartel, o hospício, o hospital de fisioterapia e o cinema, onde velhos homossexuais entravam acompanhados de uns rapazes pobres.

Era comum ver na praça soldados e loucos mansos.

Os soldados ficavam em grupos de dois ou três, sentados nos bancos, conversando, lendo revistas em quadrinhos ou engraxando suas botas.

Os loucos mansos vagavam pela praça como galinhas num quintal. Tinham o andar de galinhas e as cabeças baixas como galinhas ciscando a terra (pensava a velha de óculos) e ficavam por ali até que tocava uma sirene no hospício, e eles corriam para lá como galinhas famintas quando alguém joga milho num canto do quintal (ia pensando a velha).

9

Às três e quarenta e cinco da tarde, um Fiat areia estacionou na praça, perto de um caramanchão, e a velha de óculos viu um homem magro, alourado, de paletó e gravata, descer do Fiat, apanhar uma margarida na praça e entrar de novo no Fiat com a margarida na mão.

Faltam quinze para as quatro — pensa o homem dentro do Fiat areia com a margarida na mão. — Será que ela vem?

Em seguida, ele começou a desfolhar a margarida: arrancava uma pétala e dizia "Ela vem", arrancava outra pétala e dizia "Ela não vem". Certa hora, ele para de desfolhar a margarida e diz alto:

— Oh, meu Deus, fazei com que ela venha, como um animal selvagem de cabelos fulvos...

10
Na perua, os quatro homens comem azeitonas e esperam.

11
— Nada de novo no *front*? — pergunta a velha paralítica.
— Só um Dom Juan num Fiat, com uma margarida na mão — informa a velha de óculos. — Mas Santa Luzia que ilumine minha visão, que hoje vai ter, Geninha, vai ter...

12
Naquela hora, dentro do Fiat, o Dom Juan com a margarida na mão está de olhos fechados: imagina (mas disso não suspeitava a velha de óculos) o corpo nu da mulher que lembrava um animal selvagem.

13
Às três e quarenta e nove da tarde, um negro está descendo a rua em direção à praça.

14
Da sua janela, a velha de óculos não conseguia vê-lo, mas a mulher de minissaia, que estacionou seu Volks azul

a alguns quarteirões da praça, indecisa se ia ou não a um encontro na praça, vê bem o negro.

É um negro alto e forte e usa uma camisa florida enfiada numa calça jeans desbotada e gasta. Tinha cicatrizes no rosto como um *boxer* que apanhou muito, e sua boca, larga, os lábios grossos, lembrava a boca de um saxofonista. Usava um boné cinza e calçava um tênis, e o pé esquerdo do tênis era vermelho e o pé direito era azul, e ele caminhava devagar, cadenciado, os braços soltos, arrogante como um negro do Harlem.

15
— Sou capaz de jurar — pensa a mulher do Volks azul — que ele é um negro norte-americano, juro que é...

"Ele deve ter vindo de Nova York", vai pensando a mulher do Volks azul. Negro brasileiro ele não é, porque o negro brasileiro não tem esse ar desafiador, essa arrogância tão bonita. O negro brasileiro, quando não está numa favela, entre os seus, está sempre com medo de levar um chute no traseiro. "Oh, meu Deus, é isso" — continuou a pensar a mulher do Volks azul.

16
Um sabiá cantou numa gaiola ali perto.

O negro seguiu andando em direção à praça, indiferente ao sabiá, mas a mulher do Volks azul se inquieta, acha que o sabiá cantando (que a fazia pensar na avó, que mora no interior de Minas) era um aviso para que ela não caísse na tentação de ir à praça ao encontro de um homem que não era seu marido e em quem já pensava como um amante.

Ela fecha os olhos e vê uma fotografia na primeira página de um jornal: ela está caída de bruços na fotografia, descalça de um pé, e morta com três tiros de revólver.

17

Três e cinquenta e três da tarde.

Toca um clarim na praça e a velha de óculos vê os soldados correrem para o quartel, apressados como se o Brasil tivesse entrado em guerra.

— Novidade no *front*, Ciana? — pergunta a velha paralítica.

— Xiii... — respondeu a velha de óculos — pelo jeito vai começar uma nova Guerra do Paraguai...

Agora ficaram só os loucos mansos andando pela praça.

18

Dentro do Fiat, o homem louro ainda desfolha a margarida.

— Ela vem — ele dizia (e tirava uma pétala).

— Ela não vem — ele dizia (e tirava outra pétala).

— Oh, meu Deus — ele pensa. — É preciso que ela venha...

E ele a imagina despindo-se como num *striptease*: a última peça que ela tira é uma calcinha preta.

19

Três e cinquenta e cinco da tarde: por que será que o negro sorri enquanto caminha para a praça?

20

— Esse sabiá cantando, chamando chuva — pensa a mulher do Volks azul, parado debaixo de uma árvore —, é um aviso para eu não ir, eu sei que é...

Mas ela pensa no negro usando cada pé do tênis de uma cor e acredita que é um aviso para ela ir, para ela atender ao grito do seu coração.

— Ó negro que veio do Harlem, com as cores da liberdade nos pés — ela diz em voz baixa, só para ela, como se rezasse —, ajuda-me, negro, faz com que eu siga meu coração, aconteça o que acontecer, negro que eu acho que veio do Harlem...

21

— Ciana! — fala a velha paralítica.

— O que foi, Geninha? — responde a velha de óculos.

— Estou sentindo cheiro de chuva — continua a velha paralítica.

— Vira essa boca agourenta para lá, Geninha — disse a velha de óculos. — Se chover, estraga tudo...

22

Três e cinquenta e sete da tarde.

O que será que houve com o negro, que quando ele sorri seu olho esquerdo fecha-se enquanto o direito

permanece aberto, e aparecem cicatrizes no olho esquerdo fechado?
   Será que o negro já foi *boxeur*?
   Será que alguma vez beijou a lona?
   Será que sentiu o gosto estranho que todo *boxeur* sente quando vai a nocaute?
   Será que o negro já foi a nocaute?
   Será?

23

   Acaba a sessão no cinema da praça e, da sua janela, a velha de óculos observa um velho homossexual que sai de mão dada com um rapazinho.
   — Alguma novidade no *front*, Ciana? — pergunta a velha paralítica. — Como está demorando!
   — Só aquele velho afeminado saindo do cinema com um rapazinho — informa a velha de óculos. — Mas Santa Luzia me diz que hoje tem coisa...

24

   Caem os primeiros pingos de chuva na praça e no hospício toca uma sirena: os loucos mansos deixam a praça correndo como galinhas quando pressentem um temporal, pensa a velha de óculos vendo-os correr da sua janela.
   — Santa Bárbara! — disse a velha de óculos. — Vai estragar tudo...
   — Está chovendo, Ciana? — pergunta a velha paralítica.

— Só uns pingos, Geninha, mas se Santa Bárbara não ajudar, adeus Sessão das Quatro — disse a velha de óculos.

25

— Santa Bárbara! — diz o homem do Fiat areia estacionado na praça. — Se chover, ela não vem. Está quase na hora, e se chover eu fico sem ela. Oh, minha Santa Bárbara, afaste essa chuva para longe...

E ele fecha os olhos: agora está imaginando como são os seios da mulher que lembra um animal selvagem.

26

Na perua, indiferentes aos pingos da chuva, os quatro homens armados comem azeitonas: a lata que trouxeram está quase no fim.

27

Três e cinquenta e nove da tarde.

Os pingos da chuva molham o rosto do negro e é como se o negro estivesse chorando.

Alguma vez o negro já chorou?

Foi por causa de mulher?

Ou foi na morte da mãe?

O que pode ter feito o negro, que parece que veio do Harlem, chorar alguma vez?

28

O homem do Fiat areia olha os pingos da chuva no vidro do carro, recorda um bolo que levou de uma marinheira que conheceu no carnaval de 1958, em Belo Horizonte. Era uma marinheira morena e ele era um estudante sem dinheiro e a conheceu na segunda-feira gorda no baile do Forluminas, um clube dos funcionários da Força e Luz.

Ela era uma marinheira linda e ficamos de nos encontrar na sexta-feira, em frente ao Cine Calafate, às seis da tarde. E eu a esperei até as oito da noite, e ela não apareceu...

Os pingos da chuva aumentam.

— Eu não sei de sensação tão ruim como a de levar um bolo — pensa ele dentro do Fiat. — Tão ruim, só perder um gol, cara a cara com o goleiro...

29

— Ó negro que vieste do Harlem com a camisa florida da liberdade — fala baixo, como se rezasse, a mulher do Volks azul —, ó colorido pássaro da tentação, me dá coragem para que eu vá à praça e entregue meu corpo e minha vida ao homem que eu amo...

30

Quatro da tarde.

Alguma novidade no *front*, Ciana? — pergunta a velha paralítica.

— Só um negro, Geninha. Estou vendo um negro imenso, com uma camisa florida — disse a velha de óculos. — Xiii, Ciana, lá vem vindo a Greta Garbo do Volks azul. — Que Santa Luzia ilumine meus olhos...

31

— Olha ele lá — disse dentro da perua o mulato que segurava a lata de azeitonas.

— Será que é ele mesmo? — disse o que mascava um caroço de azeitona, que era branco e usava um anel de advogado.

— É ele — disse o que chamavam de Kojac. — É aquele filho da mãe mesmo...

— Não sabia que ele era tão alto — disse o de anel de advogado.

O que segurava a lata de azeitonas fez o nome do padre: ele sempre fazia o nome do padre nessas ocasiões e começou a rezar um pai-nosso.

— Para com isso! — gritou o de anel de advogado. — Cala essa boca!

O que segurava a lata de azeitonas continuou a rezar e o de anel de advogado disse para o que estava no volante, um negro bochechudo como se tocasse trombone, e que estava calado:

— Contorna a praça, Rosa Branca, devagarinho...

32

— Vai começar a Sessão das Quatro, Geninha! — disse a velha de óculos.

— Fala, fala, Ciana! Pelas sete chagas, não faz suspense! — pede a velha paralítica.

33

— Lá vem ela — pensa o homem do Fiat, ao ver a mulher do Volks azul contornando a praça. — Obrigado, meu Deus!

34
Ó negro que vieste do Harlem, como o pássaro florido de alegria, encoraja meu coração, negro que vieste do Harlem — reza baixinho a mulher do Volks azul enquanto contorna a praça —, ó negro que, talvez, sejas um santo ou um mártir e que vieste ao Brasil para encorajar os indecisos, guia meu coração, negro...

35
— Vai ser um bangue-bangue, Geninha — disse a velha de óculos à irmã paralítica. — No melhor estilo...

36
Os quatro homens descem da perua com as metralhadoras na mão e andam agachados nas costas do negro.

O negro está de pé, parado na praça, e não vê os quatro homens com suas metralhadoras.

— Parece que vão matar o negro, Geninha! — diz a velha de óculos.

37
O negro apanha uma rosa vermelha da praça.
Que pensa o negro com a rosa vermelha na mão?

38
Da sua janela, a velha de óculos grita:
— Santa Luzia!
— Pelas sete chagas, Ciana, o que foi? — pergunta a velha paralítica, mas a velha de óculos não responde. Apenas

olha da janela. A mulher do Volks azul para seu carro antes de chegar aonde está o homem do Fiat areia, e os quatro homens armados aparecem atrás do negro e começam a atirar no negro.

— Estão matando o negro, Geninha! — disse a velha de óculos, e os disparos abafam sua voz.

O negro cai aos poucos, como uma imensa árvore florida. Primeiro cai seu boné cinza. Depois o negro vacila, como uma árvore na hora do tombo, e o negro ainda olha para os quatro homens que atiram e desaba no chão da praça.

Da sua janela, a velha de óculos vê os quatro homens, que seguem atirando e se aproximam do negro. Eles ainda continuam a atirar durante algum tempo. Depois, um dos homens, o que rezava o pai-nosso, apanhou um cravo vermelho na praça e espetou o cravo vermelho no peito do negro morto. Em seguida, os quatro homens se afastaram com suas metralhadoras e desapareceram na perua.

— Alguma novidade no *front*? — pergunta a velha paralítica.

— Mataram o negro da camisa florida — disse a velha de óculos.

— Pelas sete chagas, Ciana! Eles eram quantos? — pergunta a velha paralítica.

— Quatro — diz a velha de óculos. — Eram quatro...

A praça fica totalmente vazia: só o negro morto caído no chão.

— Pelas sete chagas, Ciana! — repete a velha paralítica.

A velha de óculos tira os óculos, limpa-os com uma flanela, e quando os recoloca vê a mulher do Volks azul e de minissaia ajoelhada diante do revólver do negro na praça.

— A Greta Garbo, Geninha — disse a velha de óculos muito emocionada.

— Pelas sete chagas, Ciana, o que tem a Greta Garbo? — fala a velha paralítica.

— Está lá na praça, ajoelhada na frente do negro e rezando — disse a velha de óculos. — A Greta Garbo...

Eram quatro e quinze da tarde e a chuva aumentou e molhou os óculos da velha, e ela não conseguiu ver quando o homem do Fiat areia se aproximou do cadáver do negro e também se ajoelhou, ao lado da Greta Garbo. Chovia muito na hora.

Mis recuerdos de Maria

Ahora ele ia muy solo por División del Norte, cerca del numero 510, em México, D.F., quando eles atiraram: sentiu um murro de Cassius Clay no ombro e logo como se Clay o esmurrasse também na boca do estômago e ele viu o sangue na camisa que cheirava a carnaval, e eles, los hombres del Ford, ainda dispararam suas metralhadoras y se fueran, e ele caiu e a luz dos anúncios luminosos coloria seu cabelo y eran las dezenueve horas em México y a las vinte, con su espanhol muy malo, ele apresentava en la Radio El Mundo o programa "Mis Recuerdos del Brasil",

e ahora, assim caído, no meio das sirenes, das vozes, de uma voz dizendo: es un brasileño, assim caído, uma mão tirou do bolso da sua camisa que cheirava a carnaval o cartão que dizia "em caso de morte, avisem à senhora Leonora, no Brasil", assim caído, ele achou que começava seu programa na Rádio El Mundo e disse:
"Mi Amigos, muy
buenas noches..."
e foi crescendo nele uma vontade de abraçar e de beijar o Brasil, e ele teve certeza de que o Brasil era uma mulher e se chamava Maria e era morena e magra e, seguindo na apresentação do programa, ele disse com seu espanhol que era mesmo muy terrible aos ouvintes da Rádio El Mundo:
"Ahora, con ustes,
el programaaaaa: 'Mis Recuerdos de Maria'..."
e ele falou e riu, mas a senhora Ruth Prados, que criava gatos para vender a homens e mulheres solitários dos EUA, declarou à polícia de México, D.F., que, na hora em que el brasileño sorriu, todo ensanguentado, ele lembrou a ela um niño de 13 ou 14 anos e não um hombre de sus 32 ou 34, e a polícia de México, que começou a investigar por que ele riu, levantou oito suspeitas, nas quais a senhora Ruth Prados não acreditava e ela disse, com sus ojos muy grandes, como os de uma vaca assustada, que na hora em que sorriu, el brasileño era um niño, sim, e recordava que devia 378 ave-marias às almas, 589 pai-nossos ao santo frei Eustáquio, 216 salve-rainhas a Santa Luzia, isso desde o ano de 1954, tudo como promessa para tirar boas notas

Quando fui Morto em Cuba

no internato do Ginásio São Francisco que ficava no Brasil, numa cidade com nome de mulher, Conceição, e o internato tinha uma cerca de arame farpado e lá o vento soprava o cheiro de eucalipto e de mulher loura doidivana, perturbando o sono do frei Daniel, e a senhora Ruth Prados ainda falou mais, porque el brasileño, así caído e ensanguentado, sorriu uma segunda vez e uma terceira e ele imaginava que o Brasil era uma mulher morena e magra como certas árvores e usava sapato de salto estragado pelas últimas chuvas, e ele disse aos ouvintes do programa "Mis recuerdos del Brasil":
"El Brasil tien un porte de
manequim y las costas
del Brasil se limitan con el cielo..."
y, nesta hora, no programa da Rádio El Mundo, João Gilberto cantou "Farolito", e isso o entristeceu um pouco e, ali caído, cerca del 510, en División del Norte, México, D.F., com seu cabelo ora azul, ora verde, ora vermelho, pelos reflexos dos luminosos, ele disse aos ouvintes da Rádio El Mundo:
"Maria tem teias de
aranha en el corazón..."
e después a senhora Ruth Prados declarou que, quando el brasileño entristeceu, ele se recordou dos 13 ou 14 anos e vestia um pijama colorido e estava numa cama branca, e ele então abriu os olhos e viu a parede da enfermaria do Ginásio São Francisco em 1954 e uma mosca voava, e era verde e voava, e ele a espantava com a mão, e ela, tão verde

como o olho verde da mãe de Yole, que era loura e doidivana e vinha no internato aos sábados visitar Yole e deixava no internato seu rastro de perfume que se misturava com o perfume dos eucaliptos, e declarou ainda a senhora Ruth Prados que el brasileño delirava e a mosca verde o olhava, loura como a mãe de Yole, e ele a espantava e ela voltava e el brasileño, agora sendo levado para o hospital en Mexico, D.F., sorria e achava que dizia aos ouvintes do programa "Mis recuerdos del Brasil":

"La boca del Brasil
es levemente arroxeada,
como se el Brasil
tivesse tomado
vinho..."

e el brasileño entrou numa maca no hospital en México, D.F., ainda sorrindo, como viu a senhora Ruth Prados, e a mosca verde outra vez se transformou na mãe de Yole que usava L'Aimant de Coty e ele viu patos selvagens e viu o pai e achou que viu a mãe de costume branco, e viu a dona Julita, que era professora e nunca amou um homem e dizia na aula: beijar na boca é falta de higiene, e a mosca verde veio voando como um avião e era a mãe de Yole e o beijou na boca, e disse, como Ringo Star cantando "Las brisas", 20 anos mais tarde:

"Yo te amo..."

e, na enfermaria branca, que não tinha a color hepatite do hospital mexicano, ele ainda pensou nos patos selvagens e disse aos ouvintes do programa "Mis recuerdos del Brasil":

"Ainda vai raiar el dia
en el corazón de Maria..."
e então ele apertou a mão de dedos muito finos do Brasil, lembrou-se que o Brasil roía unhas como Maria e ele quis saber o que Maria estava fazendo aquela hora no Brasil, e ele beijou a boca do Brasil e virou pro canto, para a parede, e morreu, e os amigos avisaram à senhora Leonora, no Brasil, sobre sua morte, e ela respondeu, agradecendo o retrato dele ao lado de Carlos Lyra e de Pery Ribeiro, e explicou que poderia se orgulhar muito das glórias que contavam, mas disse que seu filho, Estêvão Mateus, o mesmo da fotografia, tinha morrido de pneumonia há 25 anos no Brasil, quando estudava interno no Ginásio São Francisco, onde havia uma cerca de arame farpado como nos campos de concentração e onde o vento, naqueles dias de 1954, cheirava a eucalipto, a perfume de mulher loura e a urina.

O trem fantasma

Para o meu amigo Afonsinho
(com licença de Gilberto Gil)

Primeiro a flechou com flechas de Cupido.
    (Para não errar seu alvo, pegou uma lagosta do Recife, 150 gramas de manteiga, um discurso de Fidel Castro, sal, pimenta, sonho, quatro colheres de óleo, cinco colheres de conhaque, a velha guitarra de Jimmi Hendrix, dois terços de uma xícara de vinho branco e a voz mais rouca de Janis Joplin, picou duas cebolinhas verdes, John, Paul, George e Ringo, seis tomates, descascou os tomates na água morna, juntou um desafio do Cego Aderaldo, fatias de Glauber

Rocha e Ingmar Bergman, diluiu uma colher de sopa de extrato de tomate, meio suco de limão, o suco de Bob Dylan, acrescentou Chico, Caetano e Gil e um *show* com chuva de Milton Nascimento, cortou tudo ao meio, retirou pernas, garras, tudo que numa lagosta se joga a um cão de estimação, cortou a lagosta em quatro pedaços, aqueceu o óleo, Victor Jara, Violeta Parra, Geraldo Vandré, e 30 gramas de Allende e manteiga, juntou os pedaços de lagosta, mexeu até a casca ficar da cor do passaporte escarlate de Maiacovsky, derramou o conhaque, o vinho, um comício do PCI, a cebolinha, a salsinha, o alho, o extrato de tomate, pedaços de poemas de Pablo Neruda, tampou a panela cantando
"De pé
ó vítimas da fome"
esperou uma hora e quarenta e oito minutos no relógio da Central do Brasil, pôs a lagosta numa travessa, serviu com vinho do Porto, Revolução do Cravo, e uma dose de Otelo Saraiva, Samora Machel e Agostinho Neto, ela comeu ouvindo Paul Simon, mastigando Angela Davis, Patrice Lumumba, Che Guevara e Amílcar Cabral, mas ele achou que precisava mais, apelou para Ogum, para a Mãe Menininha do Gantois, cortou o pelo de um casal de gatos pretos que se amavam no telhado numa sexta-feira de lua amarela e minguante enquanto a voz de Areta Franklin soluçava, queimou o pelo com alecrim,

guardou a cinza num vidro vazio que lavou com a urina de uma gata preta grávida de seis meses, que no dia seguinte morreu misteriosamente no Rio de Janeiro, pegou o vidro com a mão esquerda, rezou:
— Cinza,
com a minha própria mão foste queimada,
com uma tesoura de aço forte
do gato e da gata cortada,
toda pessoa que te cheirar,
comigo se há de encontrar.
Isso pelo poder de Deus e de
Maria Santíssima.
Quando Deus deixar de ser Deus
é que tudo isso me há de faltar.)

Depois a fez arder de amor como uma Joana D'Arc manequim.

Então disse a ela que ela era uma borboleta e, com alfinetes de encantar mulheres, crucificou-a entre as quatro paredes de um quarto.

(Ia vendê-la como broche à senhora David Rockfeller ou à senhora Giovanni Agnelli, mas uma nuvem de borboletas invadiu o Brasil, e os broches de borboletas ficaram desacreditados.)

Desencantava-a para amá-la numa cama de faquir com 875 pontas de agulha.

Ele a amava oito vezes por noite.

(Ligava um toca-fitas com Agnaldo Timóteo cantando solidões para abafar os gritos dela.)

Espalhou caco de vidro moído pelo chão da casa para ela pisar com seus morenos pés de amante.

Fabricou uma sandália com duas latas de sardinha para ela arrastar com seus morenos pés de amante.

Divertiu-se apagando o cigarro no recôncavo baiano do corpo dela.

Testou o coração dela com choques elétricos.

Acendeu uma lâmpada de cem volts só de encostar na ponta dos seios dela.

Falou com ela em Maria Bonita, cantou "Mulhé Rendeira", disse: — Eu sou o seu Lampião, nesta escuridão —, citou Glauber Rocha e pendurou-a num pau-de-arara.

Imaginou cortá-la em pedaços, fazer bifes, levá-la ao fogo ou ao forno, e servi-la num banquete.

(Preparou uma receita de *Mulher à Brasileira*: afie uma faca com fel e oito noites de insônia, corte o lombo com frieza de uma lâmina gilete ou a fúria de um touro negro espanhol, sem separar o lombo, obtenha um retângulo; deixe a carne em vinha-d'alhos durante nove horas de ciúme, virando sempre para tomar gosto de queixume. Cubra o retângulo do lombo com camadas de presunto, bacon, azeitona e a solidão das seis da tarde. Coloque ovos enfileirados no centro do retângulo, leve ao fogo da paixão e deixe arder,

e

imaginou um banquete de 120 milhões de talheres, transmitindo *coast-to-coast* pela televisão, pensou num discurso:

[tosses] Brasileiros:
Pegai facas e garfos, colocai molho à vontade, degustai aquela que ria com duas estrelas verdes matas nos olhos, mas já não ri, degustai vossa fatia daquela que ousou ser bela como Marta Rocha, mas já não é [mais tosses].)
Fabricou fantasmas inspirado em Hitchcock.
Neurotizou-a com pássaros empalhados.
Levou-a à meia-noite para andar no trem fantasma.
Ria de gozo quando o gorila do trem fantasma a sequestrava.
Pôs vozes com sotaque de padres alemães, padres italianos, padres espanhóis, ameaçando-a com o fogo do inferno quando ela cruzava com caveiras e esqueletos no trem fantasma.
Interrogou-a para saber se alguma vez ela abraçou o gorila do trem fantasma.
Pôs um detetive particular seguindo-a para ver se tinha encontros secretos com o gorila do trem fantasma.
Ligou um gravador para descobrir o que ela falava nos sonhos.
Encomendou tapa-olhos como o de Moshe Dayan e colocou viseiras nela.
Bebia cálices do sangue dela como um Vampiro de Curitiba.
(Que em Curitiba, uma noite, ele, com frio en el alma e oito uísques no coração, ouviu da mãe de um menino paraguaio que vendia naftalina e olhou sua

mão: — O rio da sua vida se chama Maria e nasce em Curitiba...)

Pendurou teias de aranha no coração dela.

Uscou cães amestrados nos sonhos dela.

E, quando ela chorou o Rio Amazonas num vale de lágrimas, ele pegou o cachecol cheirando a naftalina comprado em Buenos Aires, a fotografia três por quatro que ela tirou para ser sócia do Flamengo, o cadarço do sapato Lee dela ainda cheirando a chuva de setembro, uma tampa de Coca-Cola que ela amassou entre os dedos porque faltou uma margarida, um vidro vazio do esmalte fosforescente de Helena Rubinstein, o cachimbo de espuma do mar que ele trouxe de Veneza, uma caixa de gilete azul, quatro comprimidos de AAS, disse adeus ao cachorro Jack, entrou no navio naquele rio de águas salgadas e foi navegando nas ondas das lágrimas dela: olhava a fotografia três por quatro (que saiu publicada em todos os jornais), com a gilete cortava fatias do próprio corpo, que atirava aos peixes, e a viu surgir magra como certas árvores, nesse tempo, ela ainda não usava duas latas de sardinha como sandália e o salto do sapato dela cantava uma música: seu hino.

Os desgostos de agosto

Julho foi um mês feliz. Mas quando agosto chegou, Paulo L., redator de publicidade da WC Advertising, teve motivos para acreditar que tudo de ruim que falavam de agosto nunca era tudo.

Seus infortúnios começaram logo no primeiro dia de agosto. Quando ele chegou para o jantar, encontrou um bilhete de Luísa dizendo que tinha ido embora. Era o fim de uma ligação tempestuosa, mas, uma coisa ele sabia: feliz. Paulo L. ainda esperava que Luísa voltasse, apesar de agosto, quando a empregada, a negra Aparecida, anunciou:

— Vou embora, aqui fica muito triste sem a dona Luísa...

Isso foi no dia 5 de agosto. Dois dias depois, no dia 7, portanto, Paulo L. foi despedido da WC Advertising. Mas o pior ele sabia que estava por vir, pois aquele mês de agosto tinha, entre tantas ameaças veladas, uma sexta-feira 13. E, por todas as razões, incluindo fatos não tão distantes da História do Brasil (o ex-presidente João Goulart desafiou uma sexta-feira 13 e se deu mal), Paulo L. sabia que todas as cautelas eram mais que necessárias, além de prudentes.

Como um sinal do que estava por acontecer, umas formigas miúdas foram ocupando o apartamento, primeiro uma a uma, depois em grupos de duas e três, mais tarde em pequenos batalhões, por fim como um exército negro desfilando nas paredes. Mas, apesar de tudo, Paulo L. aguardou a chegada da sexta-feira, 13, com uma esperança: a de que Luísa, com seu corpo magro e *sexy* de manequim, sua voz rouca, seus cabelos louros, voltasse, pelo menos, para buscar o curió Che Guevara. Pois aquele pássaro agitado, especialista em cantar flauteado, era uma das devoções de Luísa, que o trouxe de Governador Valadares e o batizou: — Vai se chamar Che Guevara. — E, quando Luísa foi embora, Paulo L. redobrou os cuidados com o curió Che Guevara, mudava a água três vezes por dia, nunca deixava faltar alpiste, arroz com casca, jiló, e coçava a cabeça de Che Guevara como Luísa fazia. Paulo L. sabia que, enquanto o curió Che Guevara cantasse, havia uma esperança de Luísa voltar. Mesmo que fosse agosto, com seus desgostos.

Assim, com esses cuidados com o curió Che, uma volta a Deus, como acontecia sempre nos seus momentos difíceis, uma ida a uma mãe de santo (com um banho de descarrego, inclusive) e uma ave-maria que o perseguia como versos de uma música, Paulo L. esperava a chegada daquela sexta-feira, 13 de agosto, agitado por algumas lembranças e pensamentos obsessivos:

1º) Quando conheceu Luísa num barzinho, ela estava lá, loura e bela, observada pelos olhares masculinos e, mesmo, pelos olhares femininos (e indiferente a todos). Ele se apaixonou por sua alegria triste, mais do que por sua beleza. No dia seguinte, foram nadar na casa de um amigo dela, um costureiro *gay*, e Paulo L. elogiou os pés de Luísa. Luísa riu rouco e, com a voz sumida, como ficava quando se emocionava, começou a contar a história da sua vida: quando a mãe morreu, ela estava com três meses. O pai saiu como um doido pelo mundo, acabou indo vender carros em San Francisco, nos Estados Unidos, e Luísa foi criada pela avó. E a tia Meg, chamada assim apesar de ser brasileira e irmã do pai de Luísa, dizia que Luísa era linda, mas seus pés eram uns pés de pavão. E, agora, Paulo L. elogiava seus pobres e enjeitados pés, e isso, putz (dizia Luísa), era muito bom. Hoje, Paulo L. sabe que foi elogiando os pés que chegou ao coração de Luísa.

2º) Tentava imaginar o que sentiu o grande Kruel, o mago dos trapézios, quando suas mãos não alcançaram o alvo e ele só conseguiu agarrar o ar. Queria decifrar um enigma: o grande Kruel, assunto preferido dos jornais naqueles dias, foi traído pelos azares de agosto ou tinha mesmo se suicidado? Os jornais diziam que o grande Kruel, enquanto tentava desesperadamente agarrar o ar e evitar a queda (o que afastava a hipótese de suicídio, a seu ver), olhou para Kee Voss, a domadora do Gran Circus Norte-Americano. O que o grande Kruel quis dizer, naquela hora, a Kee Voss? Paulo L. relacionava frases possíveis:

— Eu te amo, Kee Voss...

— Eu levarei a tua lembrança, Kee Voss.

— Adeus, Kee Voss...

E concluía que a hipótese de suicídio, defendida por um jornal, era inconsistente: se o grande Kruel amava Kee Voss e se Kee Voss amava o grande Kruel, por que o grande Kruel ia se suicidar? A história de que o grande Kruel nunca soube conviver com a felicidade era absurda, e ele, Paulo L., só não mandava uma carta ao jornal refutando aquele amontoado de tolices, porque vivia a pior fase de sua vida.

3º) Pensava em como, afinal, os patrões eram todos iguais, fossem multinacionais ou nacionais. Eram patrões, e isso os tornava os mesmos f.d.p. em qualquer país. Ele colecionava os avisos prévios de dispensa que recebeu desde que começou a trabalhar:

"Lamentamos muito, mas a partir da presente data somos obrigados a prescindir de sua colaboração, que tanto honrou esta casa..."

"Infelizmente, contrariando nossa própria vontade expressa em diversas ocasiões e reiterada várias vezes, vemo-nos na contingência de abrir mão da colaboração que até aqui nos prestou..."

"Queremos agradecer sua brilhante participação em nosso quadro de funcionários, mas diante de circunstâncias alheias à nossa própria vontade, não poderemos, doravante, contar com o brilho do seu talento..."

Ah, como os patrões ficavam bonzinhos na hora de dar um chute no traseiro de um empregado! Será que era sentimento de culpa? Ou medo? Um dia, se escapar com vida da sexta-feira 13 de agosto que se aproxima, ele vai colocar aqueles avisos prévios em molduras e pendurar na parede, como medalhas ou troféus conquistados por um campeão...

Mas na antevéspera da tão temida sexta-feira, 13 de agosto, Paulo L. achou que estava com febre, sentiu sintomas de enfarte, foi a um médico, fez um *check-up*, e tudo deu negativo: estava ótimo. De volta do médico, ao abrir a porta do apartamento, recordou os fins de semana em que Luísa dava folga à empregada Aparecida e andava nua pelos quartos. Então, enquanto se espichava na cama sem se libertar da imagem de Luísa nua, descobriu que sua doença era a falta de Luísa.

E chegou a sexta-feira 13 de agosto.

Ele tinha tomado algumas precauções, é certo. Por exemplo: para evitar que fosse atropelado, batesse o carro ou fosse vítima de alguma bala extraviada (que em agosto tudo é possível), decidiu não sair de casa. Com medo de uma intoxicação alimentar, achou prudente passar a leite, água e bolachas (na véspera se abasteceu), em vez de almoçar em restaurante, como vinha fazendo desde que a empregada Aparecida também se foi. E, calculando que Luísa pudesse escolher a sexta-feira, 13 de agosto, para telefonar dizendo que estava tudo definitiva e irremediavelmente acabado entre os dois, achou prudente tirar o telefone do gancho.

Desta maneira, Paulo L. ficou só em casa (ele e o curió Che Guevara), disposto a enfrentar os desígnios daquela sexta-feira, 13 de agosto. Acordou cedo e ficou deitado na cama, olhando o exército de formigas na parede do quarto, como se estivessem fazendo manobras, à espera de atacá-lo e devorá-lo. Depois, abriu a gaveta do criado e pegou uma fotografia de Luísa de biquíni verde na praia de Ipanema, na última vez que foram ao Rio, e só agora ele observa (não viu o detalhe, quando disparou a máquina): Luísa escondeu os pés que a tia Meg dizia que eram pés de pavão, na areia da praia.

— Ah, Luísa!

Foi então que Paulo L. notou que havia muito silêncio no apartamento. Àquela hora, como em todas as manhãs desde que Luísa entrou ali, era para o curió Che Guevara estar cantando. Será que de noite, enquanto ele, Paulo L., dormia, Luísa entrou no apartamento, descalça, com seus pés de gata, e levou a gaiola com o curió Che Guevara? Paulo L. salta da cama, corre à sala, e encontra o curió Che Guevara encolhido no poleiro da gaiola, os olhos fechados, as asas um pouco caídas, e cochilando no poleiro como um pescador que pesca dormindo na beira do rio.

— Não, Che, não! Você não pode morrer!

Põe a gaiola no chão, muda a água, renova o alpiste, o arroz com casca, parte um jiló e põe para Che, coloca areia no chão da gaiola, e fica agachado olhando para o curió Che.

— Bebe água, Che, você precisa de água.

Mas o curió Che continua encorujado no poleiro da gaiola, a respiração ofegante, e Paulo L. enfia a mão na gaiola, coça a cabeça de Che como Luísa fazia, Che abre os olhos, mas fecha-os, ao ver aquela mão de dedos sujos de nicotina, e não a mão loura de Luísa com os dedos de unhas vermelhas, aquelas unhas sempre com o esmalte vermelho descascando.

— Você precisa viver, Che!

O curió Che abre os olhos, as asas estão mais caídas, e ele continua ofegante.

— Se você viver, Che, a Lu volta...

Os olhos cor de café coado de Che encontraram-se com os dele.

— Eu não consigo viver sem a Lu, Che, juro que não consigo...

Che ainda o olha com os olhos cor de café coado.

— Não morra, Che, só você pode me ajudar a ter a Lu de volta...

Mas Che parece acusá-lo de alguma coisa com o olhar.

— Eu juro, Che, eu amo a Lu, aquela história com a amiga dela, enquanto a Lu estava em São Paulo, foi uma aventura sem a menor importância...

Então, o curió Che Guevara desequilibra-se no poleiro, fica pendurado com um pé só, como o grande Kruel ficava no trapézio do Gran Circus, antes de ter dado um voo em falso naquele mês de agosto. Paulo L. corre ao quarto dos fundos de departamento, abre a porta do armário onde Luísa tinha uma pequena farmácia, e o cheiro de remédio hoje é um perfume: lembra Luísa. Ele volta à sala, está com um vidro de terramicina líquida na mão. Encontra Che caído no chão da gaiola, abre a porta da gaiola, pega Che e sente na mão as batidas do coração de Che. Lembra-se dos versos que um guerrilheiro argentino deixou para a noiva antes de morrer e que Luísa uma vez leu em voz alta no livro *Nassa Luta em Sierra Maestra*, de Ernesto Che Guevara:
"Toma
é só um coração
segura-o
em tua mão.
E quando chegar o dia
abre tua mão
para que o sol o aqueça"
Paulo L. abre o bico de Che, pinga as gotas de terramicina, depois equilibra Che no poleiro: vendo as gotas vermelhas de terramicina, o curió Che Guevara recorda o esmalte vermelho descascando nas unhas de Luísa. Che mordisca o esmalte, como sempre mordiscava, e vê uma mão loura, depois vê o rosto com sardas de Luísa, e acha que devia cantar para Luísa ouvir, abre o bico três vezes, como se cantasse, estremece e cai morto na gaiola.

— Não, Che, não!
Paulo L. fica ali parado, olhando o Che morto, e sente-se um velho, ali parado. Não, Che não seria jogado ao lixo junto de coisas que, mais dia, menos dia, a gente acaba jogando no lixo, como tubos vazios de dentifrício, latas de cerveja, de salsicha, cacos de garrafas, e tudo mais que, hoje ou amanhã, acaba mesmo no lixo.
— Você terá um enterro digno, Che!
Paulo L. vai ao quarto dos fundos, respira o cheiro de Luísa, traz uma caixa de sapatos, embrulha o corpo de Che com um lenço florido que Luísa esqueceu no apartamento, coloca Che dentro da caixa de sapatos, embrulha a caixa de sapatos com um papel verde, passa durex no papel verde. E, já de roupa trocada, mas a barba por fazer, sai para a rua com o embrulho verde na mão, vai um pouco curvado para o lado, como se o embrulho verde pesasse muito, e a vizinha magra e esguia, com quem ele cruzava todas as manhãs, olhou-o e achou que ele tinha envelhecido da noite para o dia, e ficou olhando-o atravessar a rua, e só então desviou dele seus olhos verdes, seus grandes olhos verdes descuidados.

Quando fui morto em Cuba
(versão política)

Quando minha mãe soube que eu ia a Cuba, estava no tanque lavando roupa: eu cheguei lá assoviando, como para dizer que estava tudo bem, porque, desde o que fizeram com o Ney, mesmo os passos da gente a assustam, e quando a campainha toca e o telefone chama, ela pensa que alguém morreu, e se é de noite e os gatos se amam no muro e o vento arrasta folhas secas na rua minha mãe suspeita de que ainda é o ano de 1971 no Brasil e se põe a rezar para o Menino Jesus de Praga, como se o Menino Jesus de Praga pudesse afastar os homens que, em 1971, chegaram de noite pisando como folhas secas arrastadas pelo vento e levaram o Ney, quando os gatos se amavam no muro.

Parei ao lado de minha mãe e ela me olhou: Estava pálida, e seus olhos verdes perguntavam o que tinha acontecido.

— Eu vou a Cuba, mãe! — eu disse. — Eu vou a Cuba, mãe!

Minha mãe enxugou as mãos na saia e caminhou para o meu lado: acho que ia me abraçar, mas parou e me olhava, e seus olhos verdes pareciam lembrar que um dia ela foi miss.

— Você vai a Cuba, meu filho? — ela perguntou, e seus olhos verdes agora me culpavam. — Vai mesmo?

— Vou, mãe — eu disse.

— Então, meu filho — e os olhos verdes de minha mãe ainda me culpavam —, antes de ir, você vai ver seu irmão...

Eu disse que sim, que ia ver o meu irmão, o Ney, mas o meu irmão, o Ney, está morto. Faz muito tempo que o Ney está morto, mas toda quinta-feira minha mãe põe um vestido cinza, sai com umas rosas na mão e diz que vai ver o Ney. E minha mãe está sempre no tanque lavando as roupas do Ney, pendura as roupas no varal, passa a ferro, as roupas do Ney já estão gastas, e as mãos de minha mãe também se gastaram como mãos de lavadeira. Quando faz pastéis, antes que Carla e Washington comam todos, minha mãe separa cinco e diz:

— Estes são para o Ney...

Agora, no fundo da casa, perto do tanque de lavar roupa, minha mãe passa as mãos no cabelo e eu sinto que ela vai chorar. Então eu a abraço.

— Que dia você vai, meu filho?

— Amanhã à noite...

— E você escondeu até de mim, meu filho?

— Não é, mãe, é que eu tinha medo...

— Vou abrir um vinho para comemorar, meu filho...

Minha mãe abriu o vinho chileno La Taverne e ainda brincou que era uma pena ser da safra Pinochet e não da safra Allende, e depois disse:

— Mas, meu filho, antes de ir a Cuba, você vai ver a Bia e os outros, não vai?

— Vou, mãe, claro que vou — eu disse. — A Bia vai me esperar na casa dela, e hoje à noite vamos reunir todo o pessoal...

Bebemos a segunda garrafa de La Taverne e minha mãe perguntou se eu não queria ir no quarto do Ney. Eu disse que queria, porque, desde que o Ney morreu, eu nunca mais tinha entrado no quarto dele. O quarto cheirava a quarto fechado, mas tudo estava como antes, era como se o Ney tivesse viajado e a qualquer hora fosse voltar. Minha mãe abriu a janela, entrou um perfume de dama-da-noite e eu fiquei olhando o pôster do Fidel Castro na parede.

Sentamos na cama do Ney e eu me lembrei da invasão da Baía dos Porcos: éramos muito novos na época, e a edição mineira do jornal *Última Hora* abriu uma lista de voluntários para lutar ao lado de Fidel Castro, caso fosse preciso. Nós todos, o Ney, o Scotch, o Beto, que também está morto, a Bia, nos apresentamos como voluntários, e a *Última Hora* publicou nossos nomes e nossas fotografias.

— Estou vendo o Ney sentado ali, perto do criado, nas reuniões do Comitê de Solidariedade a Cuba — eu disse a minha mãe. — Estou vendo a Dora, a Dodora ficava ajoelhada, com os cotovelos na cama, e a Bia se sentava no chão e ficava mordendo um lápis...

— Às vezes, meu filho, eu fico no quarto fazendo crochê, para não enlouquecer, e começo a ouvir o barulho de vocês treinando guerrilha no quintal, como naquela época — ia dizendo minha mãe. — Aí eu ouço os gritos do Ney e a voz da Dodora, meu filho, e eu chego na janela do quarto e vejo o Ney, e o Ney vem vindo, com a boina de Che Guevara que ele usava. E eu vejo o rosto muito corado e suado do Ney, e estendo a mão e toco com a ponta dos dedos o rosto do Ney, e fico com os dedos molhados do suor do Ney. E eu fico querendo gritar: "Fascistas, vocês mataram o meu filho, mas não conseguem matar o suor do meu filho na ponta dos meus dedos!".

— Lembra, mãe, quando você levou café com biscoito para nós, os guerrilheiros, no quintal...

— E o Ney dispensou o café com biscoito. Ah, meu filho! Eu estou vendo o Ney muito suado, com o rosto corado, falando comigo: onde já se viu a mãe levar café pros filhos guerrilheiros?

— E a Dodora, mãe, tinha um uniforme de miliciana que a mãe dela fez...

— É, e a Bia ficou com ciúme, pediu à mãe dela para fazer um igual...

— Foi...

— Sabe, meu filho, uma tarde, muitos anos depois, eu fazia crochê e ouvi a Dodora gritar. Tive certeza de que tinham matado a Dodora. De noite, quando a campainha tocou, eu disse a seu pai: atende, deve ser sobre a Dodora. E era a Hilde que veio contar que o DOI-CODI tinha matado a Dodora.

Minha mãe pegou um espelho no criado ao lado da cama do Ney e olhou.

— Meu filho, como o tempo passa! — disse minha mãe. — Hoje eu sou uma velha...

— Não, mãe. É que, desde que mataram o Ney, você não tem se cuidado...

— É mesmo — minha mãe disse ainda se olhando no espelho. — Você acha que eu devo esquecer? Tem gente que me diz: tudo já passou, passa um pano nisso tudo, limpa a poeira, como se fosse no sofá...

— Esquecer, não, mãe. Mas a gente não pode se entregar...

— Olha, meu filho, vou te fazer um pedido: me traz uma flor de Cuba, não faz mal se chegar murcha ou seca...

Eu abracei minha mãe e disse:

— Eu tenho medo, mãe...

— Medo de ir a Cuba? — ela perguntou.

— É...

— Medo de ser preso quando voltar? — ela perguntou.

— Não...

— Medo do avião cair?
— Não, mãe...
— Medo de se decepcionar com Cuba?
— Também não, mãe...
— Então medo de quê, meu filho?
— Medo de morrer em Cuba...
— Morrer?
— É, morrer...
— Mas por quê, meu filho?
— Eu procurei uma vidente, mãe — eu fui falando. — Eu estava ruim e fui a uma vidente, e a vidente segurou minha mão. Era uma mão quente e gorda, e ela me olhava com uns olhos cor de mostarda...
— E a tal vidente disse que você ia morrer em Cuba?
— Disse...
— E ela falou de quê?
— Eu perguntei se era de desastre de avião...
— E o que ela disse?
— Ela ficou me olhando, não tirava de mim aqueles olhos cor de mostarda...
— Mas o que ela falou? — perguntou minha mãe.
— Ela ficou muito tempo calada, me olhando com os olhos cor de mostarda. Depois, ela disse que eu ia fazer uma ótima viagem de avião do Brasil até Cuba, via Lima...
— E aí, meu filho?
— Aí, eu perguntei se eu ia morrer de enfarte ou de alguma doença...
— E o que ela disse?

Quando fui Morto em Cuba

— Os olhos cor de mostarda dela brilharam, como se ela estivesse com febre, e ela falou, apertando a minha mão: "Você vai ter uma morte linda em Cuba, uma morte gloriosa"...

— Mas você tem que ir, meu filho, não ligue para a vidente, você tem que ir a Cuba...

Deixamos o quarto do Ney e bebemos a outra metade da garrafa de vinho e depois outra garrafa. E foi meio bêbado que fui ao cemitério onde o Ney está enterrado. Fiquei em pé na beira da sepultura e falei com ele:

— Você é que merecia ir, Ney...

Eu me lembrava do Ney deitado no sofá lá de casa, e ele fumava e falava:

— Eu vou chegar em Havana e tomar um banho bem quente no chuveiro do hotel. Depois, eu saio do banho, ponho uma roupa alegre, penteio meu cabelo molhado, sem enxugar, porque assim eu fico mais feliz. E então eu vou sair respirando o ar de Havana à noite e vou olhar as ruas, as pessoas, as árvores, as casas e as luzes de Havana. Vou ficar olhando, calado, como se Havana fosse uma mulher e estivesse nua na cama comigo e eu ficasse olhando para ela para nunca mais esquecer como ela é...

Ali na beira da sepultura, eu disse ao Ney:

— Eu vou fazer tudo por você, Ney, tudo o que você queria fazer em Havana...

Deixei o cemitério no fim da tarde e saí rodando de carro pela cidade. Parei nos lugares de que mais gostava, entrei nos bares, tomei um refresco de groselha servido por uma judia que até hoje temia Hitler, olhei as pessoas andando nas ruas, era meu adeus. Ao anoitecer, quando o vento de abril começou a soprar, eu estava parado com meu carro no Alto das Mangabeiras olhando as luzes de Belo Horizonte, como eu gostava de ficar. Mas, desta vez, eu não via as luzes piscando, não pensava numa imensa procissão de noite vindo do mar; via a vidente e pensava no que ela disse, que em Cuba eu podia morrer, mas podia também escapar e ficar livre do nazifascismo que me perseguia desde menino e que gritava para mim: "Marta Rocha! Marta Rocha!", e era pior, como se gritasse: "Comunista! Judeu! Negro! Bicha!". Fiquei lá muito tempo e, quando o vento de abril esfriou e anunciou que o inverno estava mesmo para chegar ao Brasil, fui à casa da Bia. Toquei a campainha e a Bia abriu a porta, ficou rindo para mim e disse:

— Você jura que vai mesmo a Cuba?

— Juro, Bia. Aconteça o que acontecer, eu juro que vou a Cuba...

— Cuba, Cuba, Cuba, ah, Cuba são os meus 14 anos! Dá para você entender? Eu sempre digo: o meu primeiro amor foi Fidel Castro e eu tinha 14 anos...

A Bia sempre foi muito bonita. Ela era uma menina, quando a conheci, mas já era muito bonita, e cresceu e se formou em Psicologia. Depois veio 1964, a Bia escapou de um IPM, porque tinha um tio general, mais tarde se casou, teve uma filha, morou no Rio e em Brasília e voltou para Belo Horizonte. Voltou só porque o marido, professor da Universidade de Brasília, se apaixonou por uma aluna

Quando fui Morto em Cuba

de 19 anos, quando a Bia tinha 29 anos, e deixou-a. Desde então, Bia lembrava uma flor murchando.

— Eu nem acredito que você vai — disse Bia. — Nem acredito...

Sentei no sofá da sala e, ainda de pé, Bia disse que tinha convocado todo o pessoal do Comitê de Solidariedade a Cuba para a gente comemorar minha ida a Cuba.

— E todos vão, Bia? — perguntei.

— Os vivos vão — respondeu Bia.

Ela se sentou a meu lado no sofá e eu falei sobre a previsão da vidente que anunciou que eu ia morrer em Cuba.

— Ela disse que ia ser uma morte muito bonita, Bia...

— Morte bonita, como? — perguntou Bia.

— Ela disse que era uma morte linda, gloriosa...

— E ela disse como ia ser?

— Não. Eu insisti com ela e ela ficou apertando minha mão e repetindo: morte gloriosa, muito gloriosa...

— E você está com medo de ir?

— Não é medo, Bia, mas...

— Olha, cara, você tem que encarar...

— Mesmo para morrer, Bia?

— Mesmo para morrer, cara. Você tem que ir pelo Ney, tem que ir pelo Beto, tem que ir pela Dodora, que estão mortos, e tem que ir por você, e por todos nós, que somos uns mortos-vivos...

Ela acendeu um cigarro, olhou o relógio de pulso e disse:

— Quase oito e meia. Temos que ir, o pessoal já deve estar chegando lá...

Então a mãe da Bia entrou na sala. Já sabia da minha ida a Cuba, e a Bia olhou para mim e disse:

— Quer saber de uma coisa? Eles que nos esperem um pouco mais. Vai conversando com a mãe, que eu volto já...

A mãe da Bia soube da previsão da vidente e me ensinou uma oração para afastar a morte:
"Com Deus eu durmo
Com Jesus eu acordo
Com Maria eu caminho
Com José eu sigo
E com os quatro juntos
A morte eu espanto..."

Quando voltou à sala, Bia parecia outra mulher: tinha uma flor vermelha no cabelo, estava de batom vermelho, maquiada, e usava uma saia florida, lembrava a Bia de outros tempos. Saímos e, já no passeio, ela parou, pôs a mão no meu ombro e ficou me olhando, como uma flor-de--maio, e, no entanto, era abril.

— Queria te pedir uma coisa — disse Bia. — Queria que você trouxesse um punhado de terra de Havana pra mim...

Eu fiquei calado, olhando-a.

— Você enche a mão de terra em Havana — ela disse — e traz pra mim...

Abri a porta do Volks que eu tinha para a Bia entrar e senti o cheiro da pele dela, que era um cheiro diferente da pele de qualquer mulher. A Bia disse:

— Sabe de uma coisa? Nós todos acabamos também fazendo o bloqueio a Cuba.

Quando fui Morto em Cuba

Chegamos ao Spirituals Bar e, à nossa espera, lá estavam os seguintes ex-integrantes do Comitê de Solidariedade a Cuba na época da invasão da Baía dos Porcos:

— Scotch, com ch: nós o chamávamos de Scotch porque o pai dele era escocês, mas seu nome não era Scotch. Ele era um escritor frustrado, e um dia quis ser uma mistura de Jorge Amado com James Joyce. Tinha um romance inédito, chamado *1964*, que não conseguia publicar, e estava no segundo casamento, que parecia tão malsucedido como o primeiro. Jornalista muito mal pago. Já estava meio bêbado quando chegamos.

— Antônio Francisco: vestia-se como um *dandy*, e antes de 64 era presidente do D.A. de Economia. Escapou de três IPMs e, depois do AI-5, acabou assessor do Ministério da Fazenda. Solteiro, era especialista em conquistar a mulher do próximo, e atribuía à CIA qualquer greve ou protesto que houvesse no Brasil. Tinha tomado dois comprimidos de Motival quando chegamos.

— Mário: ex-secretário do Sindicato dos Bancários, cassado em abril de 64. Estava gordo, seu hálito cheirava a cebola e a quibe, e ele gostava de contar anedotas sobre árabes e judeus, os quais imitava. Era sócio de uma livraria, adepto do eurocomunismo e comia quibe quando chegamos.

— Mozart: cineasta, diretor e roteirista do filme *Terra Jagunça*, fracasso de público e de crítica, e que o endividara para o resto da vida. Odiava Glauber Rocha, mesmo depois de morto. Tinha cheirado cocaína quando chegamos.

— Carlos Eduardo, o Edu: publicitário, diretor da Walter Closed Propaganda, atendia à conta de vários órgãos do governo e vestia-se como um executivo. Estava um pouco deslocado quando chegamos.

— Aldo: ex-repórter político, famoso pela gargalhada nas redações e nos bares e por suas paixões por cantoras de boates. Foi campeão de judô, e mesmo depois de revogado o AI-5 não escutávamos sua gargalhada. Parecia ter chorado quando chegamos.

Lá não estavam:

— Ney, meu irmão: morto por pertencer à organização VAR-Palmares, de guerrilha urbana.

— Beto: morto quando viajava de ônibus de São Paulo para Belo Horizonte, pelos homens do delegado Fleury. Pertencia ao MR-8.

— Dodora: morta em circunstâncias misteriosas no Rio de Janeiro. Era do grupo de Carlos Marighela.

— Adilson: engenheiro, trabalha na Construtora Mendes Júnior e está no Iraque.

Ocupamos a mesma mesa do Spirituals Bar onde ficávamos quando Ney ainda era vivo e, aos poucos, como se cada um fosse o espelho do outro, fomos descobrindo (os homens, não a Bia) que já tínhamos rugas, os primeiros fios brancos no cabelo, a calvície já nos ameaçava e estávamos ficando gordos, e o medo do enfarte e do desemprego substituía o medo que sentíamos da polícia em outras épocas, e enquanto nostalgicamente bebíamos Cuba Libre, tentando reencontrar o sabor da juventude, fazíamos planos para mudar de vida: todos íamos fazer cooper pelas manhãs, deixar a vida sedentária, inclusive eu mesmo (porque ninguém acreditava na previsão da vidente), e íamos aderir à ginástica, quem sabe fazer um regime para emagrecer, evitar o chope e a cerveja, em busca do fogo da juventude, e Bia concordava e nos estimulava, e, como seguíamos bebendo, acabamos por descobrir que os nossos sonhos todos, na política, no amor, na existência, tinham se frustrado porque em nossos corações nunca se apagou o fogo romântico dos guerrilheiros, e nós não tivemos a nossa Sierra Maestra, nem a nossa Nicarágua, e essa era a nossa derrota principal, e aqueles de nós, como o Ney e o Beto, que tentaram encontrar sua Sierra Maestra urbana, estavam mortos, sim, aí estava a raiz da dor de cada um de nós, nossas imagens idealizadas eram Fidel Castro e Che Guevara, éramos os meninos brasileiros que fizemos guerrilha no quintal, e ali, no Spirituals Bar, sempre tomando Cuba Libre, daí a pouco estávamos todos bêbados (à exceção da Bia).

Foi quando Mozart falou:

— Nosso azar foi o golpe militar de 1964!

Ao que Carlos Eduardo, o Edu, disse:

— 1964 é água passada, vamos passar uma borracha nisso, companheiros!

Scotch, que tinha escrito o romance *1964*, com 900 páginas e para o qual não encontrava editor, gritou:

— Água passada, porra nenhuma! 1964 violentou o Brasil, caralho! Foi como se o Brasil fosse uma criança

e um tarado violentasse o Brasil! O trauma é o mesmo ou até pior!
Edu também gritou:
— Isso é subliteratura, Scotch!
Scotch estava vermelho como um peru bêbado e gritou:
— Você fala isso, Edu, porque você não passa de um menino de recado do governo! Você se vendeu por uma merda! É isso! Você é um colaboracionista, Edu!
Mário, que tinha ficado contra Prestes no PCB e era entusiasta do eurocomunismo, tentou acalmar os ânimos:
— Vamos deixar disso, pessoal!
Mozart gritou:
— Morra, Glauber Rocha!
Antônio Francisco também gritou:
— Para com isso, Mozart, o pobre do Glauber já está morto!
Mozart gritou:
— Então morra, Cacá Diegues! E Hector Babenco!
Edu estava de pé, apontando o dedo para Scotch:
— Você, Scotch, é um gigolô da pobreza! Você usa a sua pobreza para justificar seu fracasso como escritor. Porque você é um escritor fracassado!
Scotch também ficou de pé:
— E você, Edu, é um colaboracionista! Na França, raspavam a cabeça das francesas que trepavam com os bofes alemães. Aqui no Brasil, se fossem raspar a cabeça dos que foram pra cama com a ditadura, você estava sem essa cabeleira...

Antônio Francisco disse, também ficando de pé:
— Scotch é o último stalinista da face da terra!
Scotch, mais vermelho que um peru na hora da morte, berrou:
— Você é outro que foi pra cama com a ditadura, você é outro, porra! Você fala em stalinismo! Mas dignidade é uma coisa, e stalinismo é outra, caralho! Com a desculpa do antistalinismo, vocês aderiram ao fascismo brasileiro!
Mozart gritou:
— Morra, Costa Gavras! Morra, Bertolucci!
Antônio Francisco gritou:
— Você, Scotch, é autor de um livro que não existe! Você como escritor é uma ficção!

Scotch partiu, cambaleando, para cima de Antônio Francisco, aos gritos de colaboracionista filho da puta, e deu um murro na cara de Antônio Francisco, mas errou o alvo, e caiu em cima de uma cadeira do Spirituals Bar. Antônio Francisco ia chutar Scotch, mas Aldo lhe deu um murro, que acabou atingindo a cara de Mozart, que caiu em nocaute. Scotch então se ergueu e agora estávamos todos brigando contra nós mesmos, até que a Bia apareceu com uma mangueira e começou a jogar água fria em todos nós e a falar:
— Agora chega, *babies*!
Mozart ainda gritou:
— Morra, Buñuel!
Três noites depois eu estava nu debaixo do chuveiro do hotel Havana Livre, a água quente caía num jato como cai

também nos hotéis burgueses e eu recordava essas cenas todas e sentia uma emoção como se Havana fosse uma mulher. Saí do banho, vesti uma roupa alegre, penteei o cabelo ainda molhado, e desci. Estava excitado, como há muitos anos não ficava, e sentia medo, porque eu sabia que a previsão da vidente seria cumprida, de uma maneira ou de outra. Mas, como a sensação era de que eu estava indo ao encontro de uma amante, acreditei que fosse viver e recuperar minha potência sexual. Isso me aliviou um pouco. Sentia um frio na boca do estômago e fui andando e respirando o ar de Havana. Havana tinha um cheiro diferente, só dela, como uma mulher, e eu olhava as pessoas, as ruas, as casas, as árvores e as luzes de Havana à noite, e eu a observava como se Havana fosse uma mulher e estivesse nua na cama comigo.

À meia-noite, eu estava só num jardim de Havana e apanhei a flor que minha mãe pediu. A excitação era tanta, que fui andando para uma região escura de Havana, onde havia a sombra das árvores e fantasmas vagavam.

Às duas da madrugada, comecei a achar que uma árvore era a Bia e eu abracei a árvore e a chamava de Bia. Descobria que só tive um amor na vida: a Bia. Então veio andando na sombra de Havana a sombra de um homem alto e magro. Vestia uma capa gaúcha, como no Brasil, e estava de chapéu e eu não via seu rosto, mas vi seu revólver, quando ele o sacou e me apontou. E ele disse em português com um jeito de falar do interior de Minas:

— Vou te matar, seu cão!

Quando fui Morto em Cuba

Reconheci a voz do meu tio, mas esse meu tio tinha morrido há muitos anos, mas ele estava ali e me apontava o revólver:

— Sabe por que eu vou te matar, aqui em Havana, seu cão?

Eu respirei o ar de Havana e meu tio disse:

— Eu vou te matar, seu cão, não é porque você, sua mãe, seu pai e seus irmãos nunca passaram de um bando de subversivos e terroristas que eu vou te matar...

Eu abaixei e apanhei um punhado da terra de Cuba que a Bia me pediu e meu tio disse, apontando o revólver:

— Eu vou te matar, seu cão, porque eu nunca te perdoei aquela bola que você passou entre minhas pernas num jogo de futebol. Nunca te perdoei aquela falta de respeito. Eu, um homem de bigode, macho, pai de família, e você um menino com cabelo de mulher, que todos chamavam de Marta Rocha, me dando aquele olé...

Eu fiquei olhando o revólver na mão dele e rezei:

— "Com Deus eu durmo
Com Jesus eu..."

Meu tio continuou a falar:

— Eu nunca te perdoei por você ter me driblado do jeito que você driblou. Nunca perdoei você ter se transformado na Marta Rocha na hora que você passou a bola entre minhas pernas. Então, eu vou te matar é por isso, não é só porque você é um comunista, um subversivo, um veado, um malandro que finge que é artista que eu vou te matar, não...

Saiu um clarão da boca do revólver do meu tio e eu ouvi um tiro, e caí de bruços e senti um cheiro de perfume de mulher e ainda falei:

— Havana é uma mulher morena de saia florida...

Mas Havana estava nua e eu também estava nu, e eu fui beijando e abraçando Havana, como se ela fosse uma mulher brasileira: nus nós dois, fomos nos amando. Nós dois lá abraçados. Nos amando. Nós dois lá.